행복하세요.

방구석 수필

가족, 나를 만든 사람들

이민석

차 례

EP. 01
- 구세군 냄비 -

내가 여섯 살 때 쯤,

춥다

아버지께선 일주일에 한 번
우리 형제를 할머니댁에 데려가셨다

할머니 댁으로 가는 거리는
꽤 멀었는데,

우리집엔 차가 없었기 때문에
지하철과 마을 버스를 갈아타야 했다

주 례

주 례

그날도 할머니 댁에 가던
추운 한 겨울이었는데,

지하철역 안으로 들어가보니

구세군 냄비가 있었다

내 손을 잡고 있던 아버지는

민석아

만 원짜리 한 장을 주시며 말씀하셨다

저기 가서
이거 넣고 오너라

괜히 부끄러웠던 나는

내가?
그래도 되나

돈을 얼른 넣고,

도망치듯 뛰어갔다

호다닥

그런 나를 보며,

아버지는 말씀하셨다

귀한 곳에 사용된데요.

내가 어릴 적, 아버지는 카센터를 운영하셨다. 멋지고 큰 카센터가 아니라 주유소 옆에 붙어있는 두 평 남짓한 공간의 작은 카센터였다. 간판은 없었고 '빵꾸 때웁니다'가 적혀있는 낡은 나무판자가 전부였다. 화장실은 주유소와 함께 썼으며, 청소는 주유소 직원과 아버지가 번갈아 했지만 주로 아버지께서 도맡아 하셨던 기억이 난다.

나는 아버지의 가게에 가는 것을 참 좋아했다. 아버지께서 나와 자주 놀아 주셨기 때문이다. 주유소 뒤엔 오폐수가 모이는 작은 하천과 공터가 있었다. 아버지와 나는 하천 주변에 널브러져 있는 나뭇가지들을 주워 무기를 만든다던가, 망원경을 가지고 공터로 나가 어디까지 보이는지 내기를 하며 놀았다. 물론 아버지께서 나와 놀아주는 시간이 많았던 것은 손님이 얼마 없었기에 가능한 일이었다. 가게 앞은 사람들로 붐볐으나 대부분 주유를 하러 온 손님일 뿐, 타이어에 펑크가 난 손님은 드물었기 때문이다.

아버지는 작은 사무실에 앉아있다가 '빵꾸 때웁니다' 입간판 앞에 차가 들어오면 다급하게 밖으로 나갔다. 그럴 때마다 나는 슬쩍 함께 나가, 멀찍이 서서 아버지가 일하는 모습을 가만히 바라보곤 했다. 당시 빵꾸 하나를 때울 때마다 받았던 돈은 만 원. 아버지가 한참 동안 추위 속에서 기름때를 만지며 번 돈이었다.

그러므로 물건이나 화폐의 가치는 정확히 몰랐지만 만 원의 가치는 알고 있었다. 아버지께서 추운 바깥으로 나가, 팔토시를 낀 채로 여기저기 뛰어다녀야 벌 수 있는 돈이었다. 내 손에 만 원짜리가 쥐어진 순간, '이렇게 큰돈을 내가 써도 되나?' '저 구멍에 그냥 돈을 넣으면 되는 건가?' 여러 가w지 생각에 가슴이 두근거렸다. 모금함에 돈을 넣고 후다닥 아버지께 안기자, 아버지께선 내게 말씀해주셨다.

"이렇게 하면, 민석이는 세상에서 제일 멋진 사나이가 된 거야."

나의 외모는 그때의 젊은 아버지를 닮아가고 있다. 내 손에 만 원을 쥐어주던 그 시절의 아버지보다 더 나이가 많을 날이 머지않았다. 하지만 외모만 아버지를 닮아갈 뿐, 아버지가 그간 보여주셨던 가족에 대한 사랑과 나에 대한 책임을 닮아가고 있는지는 의문이다. 그래서 가끔은 그런 생각이 든다. 아직 결혼도 못 한 나지만, '나도 우리 아버지 같은 아버지가 될 수 있을까'하는 생각.

날씨가 추워지고, 거리에 캐럴이 울려 퍼지는 이맘때가 되면 나는 딱 두 가지가 생각난다.

따뜻한 어묵탕과 함께 마시는 소주 한 잔과 저 날의 젊은 우리 아버지.

둘 다 씁쓸하지만 속을 따뜻하게 만들어주는 겨울철, 나만의 묘미다.

EP. 02
- 할머니 집 -

어릴 때 일기를 보면,

넘기던 책장을 멈출 때가 있다

이번 이야기는
우리 할머니 이야기다

이 놈아 쓸데없이
냉장고 자꾸 열지 말아라

할머니 집은
오래된 연립주택 2층인데,

갈 때마다 항상
먹을 것들이 있어서

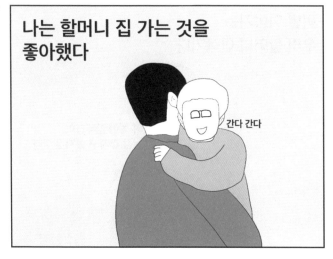

나는 할머니 집 가는 것을
좋아했다

간다 간다

내가 아장거리며 말썽을 피울 나이 때쯤
부모님은 맞벌이를 하셨고

나는 잠시 할머니와
함께 살았다

할머니는 검소하셨지만
세련된 분이었고,

이 눔 새키
냉장고 문 그만 열어라

쓸데없이 냉장고 열지 말아라,
낮엔 불 켜지 말아라 말씀하셨는데

이 눔 새키 이거
또 방에 불 다 켜놨네

낮에도 귀신은
나오는데요

17

물론 나는 말을 안들었다

잘못했어요

그렇게 나는 할머니와 함께 살다가
어느 날 나를 찾으러 엄마가 오자,

민석아 엄마 왔네
집에 가자

나는 할머니 뒤로 숨어 엄마를 낯설어 했다고 한다

민석아
엄만데

할머니는 늘 배웅해 주시던 자리에서
내가 가는 모습을 지켜보셨는데

여기

그때의 할머니 모습은 아직 생생하다

잘 가라
차 조심하고

민석이
저 눔새끼 저거

내가 냉장고 문을 이유없이
열지 않을 나이가 되었을 때

20

할머니께서 돌아가셨고

시간은 흘러,

집에 전기불을 다 꺼도
무섭지 않은 나이가 되었을 때,

나는 혼자 할머니 집에서 살게 되었다

집 안이
더 춥네

집은 할머니가 떠난 지
오래 되었어도

곳곳에서는
할머니 흔적들이 보였다

부모님께서는 집이 추우니
보일러를 꼭 켜라고 말씀하셨지만

나는 그냥 잠자리에 들었다

할머니도
안 켜고 살았는데 뭐

멍청하게 천장을 가만히 보다보니

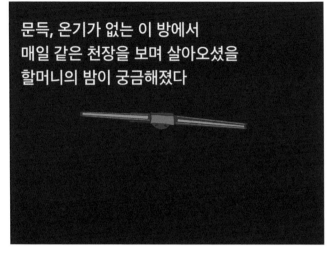

문득, 온기가 없는 이 방에서
매일 같은 천장을 보며 살아오셨을
할머니의 밤이 궁금해졌다

세월이 흘러 지금은
집이 많이 바뀌었지만,

집을 나갈 때, 오늘 같은 날이면

24

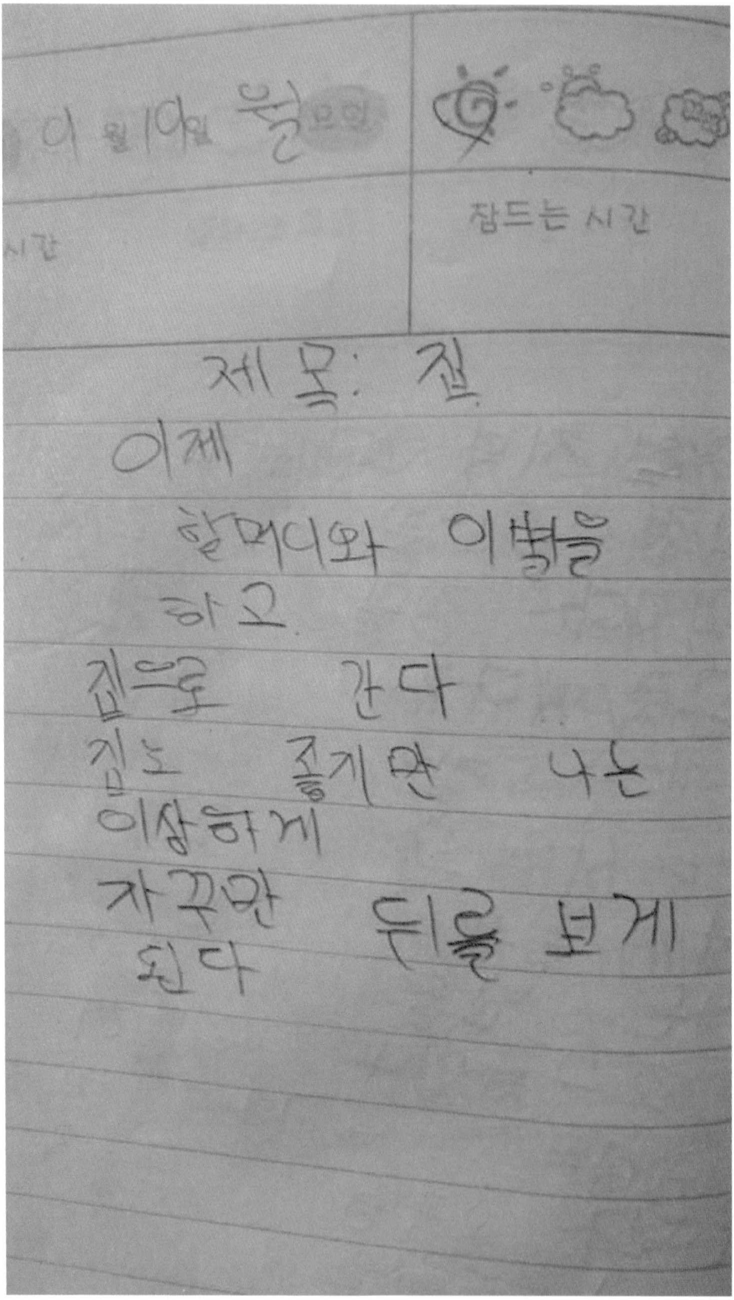

제목: 잠

이제

할머니와 이별을

하고.

집으로 간다

집도 좋게만 나는

이상하게

자꾸만 뒤를 보게

된다

할머니 냄새

"그 사이에 집이 더 낡았네…."

할머니 집에 살기 시작한 첫날, 집 안 이곳저곳을 뒤져보다가 혼잣말이 튀어나왔다.

지은 지 50년은 족히 넘은 낡은 주택이다. 부모님께서 한 달에 한 번 청소를 하러 오셨었기에 겨우 유지는 됐지만, 이미 낡아버린 집은 금방이라도 무너져 내릴 듯했다. 곳곳에 곰팡이와 묵은 먼지들이 보였고 비가 오면 물이 천장에서 뚝뚝 떨어졌다.

바리바리 싸들고 온 옷을 행거에 걸고 짐을 정리했다. 마트에서 곰팡이 제거제를 사 와 화장실과 방을 청소했다. 쓸 일이 없을 110볼트 콘센트를 티슈로 닦고 220볼트 콘센트에는 멀티탭을 연결했다. 냉장고 안을 장롱 속 이불을 꺼내 이부자리를 만들었다. 이불은 엄마가 미리 빨아놓으셨기에 집과는 어울리지 않는 섬유유연제 향이 났다. 전기장판을 틀고 불을 껐다. 차갑고 조용한 집 안, 가만히 천장을 바라보니 옛날 생각이 났다.

겨울에 아버지를 따라 할머니 집에 자주 갔다. 출발한다는 전화를 한 날에는 집이 따뜻했지만, 전화를 하지 않고 출발한 날의 할머니 집은 항상 추웠다. 보일러 좀 틀고 지내시라는 아버지의 말에 할머니는 별로 안 춥다고, 난방비 많이 나온다며 손사래를 쳤다. 손사래를 치고 있는 할머니의 발에는 두꺼운 양말 두 겹이 신겨져 있었다. 나이 많은 할머니도 보일러를 틀지 않고 지냈는데, 뭐 어떻냐는 생각이 들었다. 전기장판이 있으니 괜찮다며 불이 꺼진 천장을 가만히 바라봤다. 천장은 높고 어두웠다. 방은 조용하고 추웠으며 나는 적막하고 외로웠다. 할머니와 같은 자리에 누워 같은 천장을 바라보니 문득 매일 밤 할머니는 어떤 생각으로 잠에 드셨을까 궁금해졌다.

지금은 돈을 들여 할머니 집의 벽지와 장판을 바꿨다. 화장실 바닥과 세면대도 새 걸로 바꿨다. 할머니가 쓰시던 큰 고무 대야도 버렸고 낡은 물건들도 모두 다락방에 올리거나 버렸다. 또 끔찍하게 아끼시던 장롱도 고물 장수에게 내놨다. 그래서 사실상, 나의 기억 속의 옛날 할머니 집은 오늘날엔 존재하지 않는다.

나는 부산에 내려갈 때마다 항상 이 할머니 집을 들른다. 집

안에 할머니의 흔적이 대부분 사라졌지만, 정말 뜬금없이 할머니 냄새가 날 때가 있다. 냄비도 없는 집에서 뜬금없이 밥 뜸들이는 냄새가 난다고 할까, 싸구려 오이 비누, 빨래 비누 냄새가 난다고 할까…. 오랫동안 방치된 집에서 지금은 날 수 없는 냄새가 확 느껴질 때가 있다.

이렇게 뜬금없이 할머니 냄새가 집 안에 날 때는 그냥 씩 웃곤 한다.

손주 잘 사나 보러 할머니가 다녀갔나 보다 하면서.

EP. 03
- 우리 형 -

중학교 입학 후
나는 사춘기가 와버렸고

100원만

당시 멋의 상징
패딩이 가지고 싶었다

하지만 당시 우리집
경제 상황은 좋지 못했다

휑하네..

고등학생이던 형이
공부할 방은 당연히 없었고

화장실도 밖에 있어
밤엔 오줌을 참았다

행님아
자나

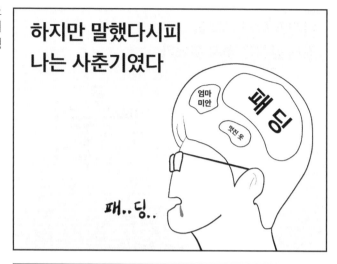

하지만 말했다시피
나는 사춘기였다

그래서 떼를 쓰러 갔다

어머니는 말씀하셨다

주방에 짱 박혀있던 나는
혼자 궁시렁 거렸다

패딩 하나
사 달라고 한게
잘못인가

그리고 깨달았다

잘못이네

죄송한 마음에
다시 문을 열어보니,

가만히 공부를 하던 형은
엄마에게 말했다

행님아 고맙데이

　세 살 터울인 형은 형편 때문에 학원을 다니지 못했음에도 공부를 잘했다. 담임 선생님께 학업태도가 우수한 학생이라는 평을 자주 들었고 종종 장학금을 타왔다. 그렇기에 하루 단위의 삶을 살았던 우리 부모님께, 특히 종일 세차장에서 일해도 월급이 백만 원 안팎이었던 우리 엄마에게 형은 '알아서 잘하는 아들'이었다.

　수학여행 전날, 조용히 옷걸이에 걸려있는 기름때 낀 점퍼들을 가방에 챙겼을 소년의 마음을, 서른이 된 지금도 나는 들여다볼 수조차 없다. 형형색색 유행하는 메이커 옷들 사이에 촌스럽고 낡은 옷의 지퍼를 말없이 잠갔던 형은 어떤 마음이었을까. 또 형에게 "민석이는 좋은 옷 사주세요."라는 말을 들었던 우리 엄마는 얼마나 가슴이 아팠을까. 어쩌면 상황이 좋아진 지금, 형의 학창 시절은 우리 가족 사이에서 금지된 주제일지도 모른다.

"고맙데이 행님아."

올해 명절에는 다시 한번 감사를 전해야지. 엄마, 아버지, 형, 나 넷이 나란히 모여있는 둥근 밥상 위에 소주를 두어 병 놓고 조용히, 소주 한 잔 따라주면서.

EP. 04

- 엄마의 엄마 -

우리 엄마는 경남에 있는
시골 마을에서 태어나

홀어머니, 남동생과
함께 살았다

넉넉하지 않았지만 행복했던
엄마의 유년기는

그리 오래가지 못했다

엄마가 11살,
동생이 8살이던 해에

외할머니께서
돌아가셨기 때문이다

엄마가 의지 할 곳은
어린 동생밖에 없었다

동생이 "누나야 엄마 보고싶다"
하고 우는 날엔,

엄마는 8살 동생을 혼냈다

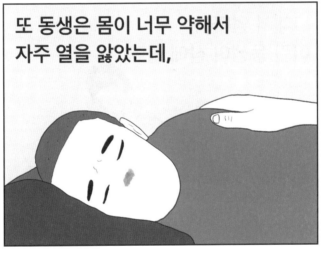

또 동생은 몸이 너무 약해서
자주 열을 앓았는데,

그런 동생을 보고 동네 사람들은

동생이 장애를 얻거나
곧 죽을 거라고 말했다

그래서 엄마는
어린 동생이 잠에 들면

낡은 이불을 뒤집어 쓰고 울고,
또 한참 있다가 또 울었다고 했다

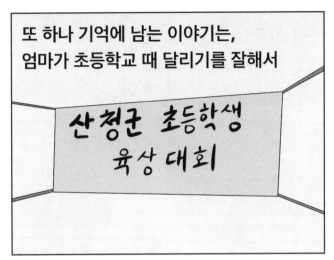

또 하나 기억에 남는 이야기는,
엄마가 초등학교 때 달리기를 잘해서

산청군 초등학생
육상 대회

학교 대표로 나가
군 육상 대회에 참여를 했는데,

엄마는 새 신발을
살 수가 없어서

선수들 중 혼자만
맨 발로 뛰었더랬다

맨 발이 까질만큼 뛰어봤지만,

결과는 8명 중 4등이었다

경기가 끝나고
집으로 가던 길

엄마는

"내 진짜 열심히 했는데"

"내 진짜로 1등 하고 싶었는데"

투정부리며
'엄마, 엄마' 하고 울 엄마가 없어서.
그건 조금 서러웠다 했다

이후 엄마는 일찍 사회생활을 시작하여
공장에 들어갔고,

삼촌을 공부시키고,
지금의 우리 가족을 만들었다

형편 때문에 내가 스무 살이 되고서야
겨우 가봤던 엄마의 고향에서

진짜
오랜만에 온다

왜인지 모르게 신나보이던 엄마는
내게 말씀하셨다

우리 엄마
무덤 가보고 싶다

그렇게 찾아간 곳엔

저기다
저기!

밭 한 가운데
작고 봉긋한 흙더미가 있었다

비석 하나 없는 무덤 앞에서
엄마와 나는 가만히 서 있었다

나는 잘살고 있어요

몸이 약했던 우리 삼촌이 어디선가 맞고 오면, 엄마는 꼭 때렸던 아이에게 두 배로 갚아주곤 했다. 엄마는 삼촌을 때린 아이를 동네 외양간으로 데리고 가 건초 더미 속에 처박아버렸다며 웃었다. 그렇게 엄마가 때린 아이가 덩치가 더 큰 아이들을 데려와도 엄마는 무서워하지 않고 덤볐다. 삼촌은 가끔 웃으며 내게 말씀하신다.

"민석아, 니네 엄마가 싸움을 얼마나 잘했는지 아나?"

엄마는 삼촌의 일이라면 두 팔 걷고 달려 나갔다. 배가 고프다면 먹을 것을 구해주면 되고, 누가 때렸다고 하면 달려가서 똑같이 때려줄 수 있었다. 하지만, 삼촌이 '엄마가 보고 싶다.'라며 우는 날에는 어떻게 해줄 수 있는 것이 없어서 참 서러웠다고 했다. 엄마의 나이, 고작 열한 살이었다.

우리 엄마는 최선을 다해 살았고, 악착같이 버텼다.

삼촌을 큰 도시로 데려왔고, 공업고등학교에 보내 기술을 배우게 했으며, 지금의 우리 가족을 만들었다. 어쩌다 옛날 동네 어른들과 전화를 하게 되면, 엄마에게 동생은 어떻게 됐느냐고 묻는 어른들이 많다.

그럴 때마다 우리 엄마는 큰 목소리로 말한다.

"잘 지내지요! 결혼해서 달덩이 같은 아들도 있습니다!"

엄마는 오랜만에 찾아간 외할머니의 무덤 앞에서 울지 않았다. 다만, 무덤 주변의 잡초를 정리하며 이런저런 혼잣말을 했다. 삼촌이 아들을 낳았다느니, 얼굴도 하얗고 잘생겼다느니, 그런데 삼촌 닮아서 운동은 못한다느니 하는 외삼촌의 근황이었다. 한참 동안 무덤에 대고 외삼촌의 근황을 전하던 엄마는 무덤 주변의 풀이 모두 정리되고, 집으로 돌아가기 직전이 되어서야 마치 까먹었었다는 듯, '나는 잘 있어요.'하며 본인의 안부를 외할머니께 전했다.

'엄마도 우리 엄마 보고 싶다.'

엄마의 말을 듣고 조금은 놀랐다. 엄마는 외할머니에 대한 이야기를 한 적이 없기 때문이다. 내가 가끔 외할머니나 엄마의 어린 시절에 대해 물어보면 엄마는 어릴 때가 너무 힘들어서 기억이 잘 없다고만 대답했다. '엄마도 엄마가 보고 싶다.'

어쩌면 지극히 당연한 말이었다. 세상 모든 엄마들은 엄마가 되기 이전에 누군가의 딸이었기 때문이다.

집으로 돌아오는 길, 나는 엄마의 유년기 시절에 대해 들을 수 있었다.

어린 동생과 집 앞에 쭈그려 앉아 엄마가 보고 싶다며 울던 기억, 동상에 걸려 진물이 나는 손을 서로 붙잡고 엉엉 울던 기억, 낡은 이불을 나눠 덮고 '내일은 어떤 어른들이 우리를 챙기러 와주겠지'하고 잠자리에 들던 기억….

엄마라는 말을 너무 오랜만에 입에 올려본다며, 우리 엄마는 그제야 '엄마, 엄마'하고 눈물을 흘렸다.

'엄마'라는 이름은 울며 부르기 가장 편한 발음으로 되어있다. 눈물이 날 때마다 보고 싶고, 보고 싶을 때마다 눈물이 나기 때문은 아닐까. 여자의 인생은 누군가의 딸일 때와 누군가의 엄마일 때 크게 변화한다. 그 과정을 넘어가는 고개에서, 유독 눈물을 많이 흘리는 사람들이 있다. 그녀들에게도 필요한 것은 엄마의 손길이다. 엄마에게도 엄마는 필요하다.

EP. 05
- 간직할 기억 -

문득 하늘을 봤는데,

하늘이 맑았다

멍청하게 쳐다보다가,

옛날이 떠올랐다

스물 두 살 당시 나는
자취를 하고 있었고,

알바를 하느라 본가엔 잘 가지 않았다

예

세 명이요

어느 날, 어머니께 전화가 왔는데

예 엄마

집으로 와서 식사를
함께 하자는 말씀이었다

그렇게 오랜만에 엄마를 만나서,

얼굴 까먹겠다
이 놈아!

시장에서 함께 장을 보며,

민석아 귤
야무진 걸로 좀
골라줘

그건
안 익었잖아!

귤 할인

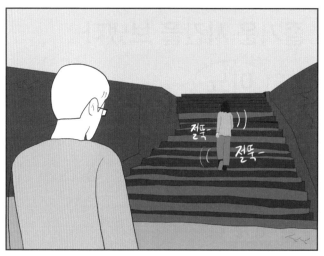

우리 엄마는 세차장에서
오랫동안 일 하셨는데,

무릎 연골과 허리가 닳아서
그 수명을 다했더랬다

연골이 다 닳도록
열심히 나를 키워냈던 그녀에게

당시 나는 ROTC 입단을
얼마 두지 않았었고,

장학금을 많이 받을 수 있다는 것을
어렴풋이 들었다

다음 날 나는

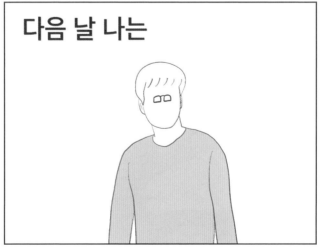

훈련소 수료 후엔,

어이구 고생 많았제

그냥 그랬어요

학교 생활을 하면서 또
여름에 있을 훈련을 준비했다

충! 성!

선배 아닌가?

아니네 아 쒸

다행히 나는 겨울과 여름 훈련을 모두
좋은 성적으로 수료했으며

또한,

민석아

좋은 어른들의 도움으로
장학금을 많이 받을 수 있었다

동문회
장학금이다

ROTC

마지막 장학금을 받은 날
나는 집 앞 ATM기에 갔고

BN 경남부산

ATM 365

받았던 장학금을 모두
어머니께 보냈다

엄마 돈 보냈어요
확인해 보세요

돈?
무슨 돈?

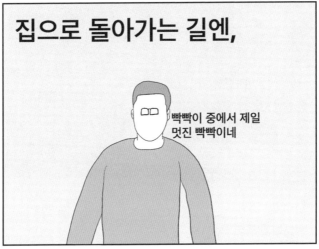

평생 술 안주거리

고향 친구 놈들과 술자리가 벌어지면 꼭 나오는 토크 주제가 있다. '평생 술 안주거리'다. 말은 거창하지만 한마디로 말해서 '자기 자랑 대회' 정도 되겠다. 어떤 친구 놈은 고등학생 때 동네에서 가장 예쁘던 친구와 사귀어 봤던 것, 어떤 친구는 유명 연예인과 사진을 찍었던 것, 어떤 친구는 고등학교 축구대회에서 멋지게 골을 넣었던 것 등, 매번 듣는 레퍼토리인데도 재미있다.

이야기가 무르익을 때쯤, 한 친구 놈이 내게 묻는다.
"민석이 니는 뭐고?"

술잔을 돌리며 조용히 고민해 본다. 예쁜 여자친구도, 연예인과 사진을 찍어본 적도, 축구대회에서 활약한 적이 없는 나는 말할 거리가 별로 없는 듯하다. 그러다 문득, 내 빡빡머리 시절이 떠올라 웃으며 말한다.

"학군단 체력시험 칠 때, 진짜 힘들어서 포기하려 했는데 열심히 뛰어서 특급 맞아봤던 거."

기껏 생각한 게 그거냐는 친구들의 놀림에 웃으며 소주를 한 잔 마신다. 빡빡이 시절, 장학금 한번 타보겠다고 어떻게 생긴지도 모르는 총 제원을 달달 외웠던 것, 체력시험이 가장 점수가 높다는 말에 숨이 턱 끝까지 차올라도 앞으로 내질러 달려봤던 것. 그렇게 엄마와의 약속을 멋지게 지켜봤던 것. 그게 내 '평생 술 안주거리'다.

EP. 06
- 주정뱅이 -

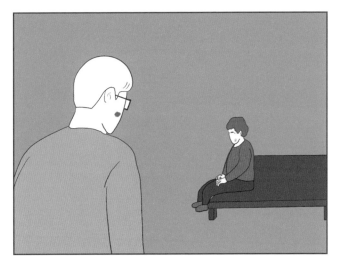

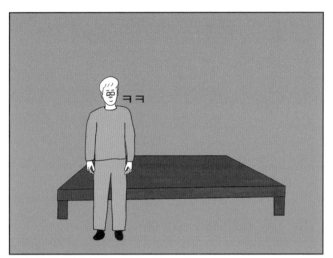

없는 사람 붙잡고, 주저리 주저리

2년을 함께 동고동락한 학군단 동기 놈들과 마지막 회식을 하고, 혼자 사는 할머니 집으로 비틀비틀 걸어가고 있었다. 쌀쌀한 날씨 속, 땅을 본 채로 주머니에 손을 넣고 걷다가 문득 졸업과 임관이라는 사실이 실감이 나기 시작했다. 화살처럼 빠르게 지나간 2년간의 학군단 생활이 떠올랐다.

훈련성적을 좋게 받기 위해 매일 새벽 다섯 시 반에 학교를 나섰다. 도착하면 선배들에게 제복 검사를 맡았는데, 제복이 지저분하거나 다림줄이 빳빳하지 않은 날엔 선배들에게 혼이 났다. 이후 아침 체력단련을 하고 샤워를 하고 편의점에서 컵라면을 먹었다. 수업을 들으러 갈 때 학교 여후배나 동기를 마주치는 날엔 빡빡머리가 부끄러워 짧은 거리를 빙 둘러 가거나, 어딘가로 슬쩍 숨어버려 종종 지각하곤 했다. 불과 1년 전 일임에도 먼일처럼 느껴져서 피식하고 웃음이 났다.

그래도 덕분에 나는 항상 체력시험에서 최고 점수를 받았으며, 다른 훈련도 좋은 성적으로 수료할 수 있었고 장학금을 받을 수 있었다. 그리고 그 장학금으로 엄마의 아픈 다리를 고칠 수 있었으며, 나를 도와줬던 모든 사람에게 감사하는 마음을 가질 수 있게 되었다. 한 번도 느낀 적 없었는데, 이제 어른이 되었다는 생각이 불현듯 들었다.

'맥주를 사서 집에서 마실까…'

술이 부족한 느낌이었다. 조금 전까지 동기들과 몇 시간을 떠들었는데도 마음속 어딘가의 공허함이 풀리지 않았다. 내 마음을 말할 곳이 필요했다. 땅을 보며 걸었다. 끊임없이 움직이는 발 끝을 보며 '편의점에 갈까...' 중얼거리다가 문득 자리에 섰다. 고개를 들어보니 할머니 집 앞 평상이 보였다.

1층 연탄장사 할머니네 평상. 할머니가 심심함과 더위를 달래기 위해 밤에 앉아있던 곳이었다. 발걸음을 멈추고 평상을 바라봤다. 콧잔등이 시큰해지면서 웃음이 났다. 나는 그 평상에 털썩 앉아 한참을 주절거렸다. 없는 사람을 붙잡고, 이제 냉장고 문 자주 열지 않는다면서, 이만하면 열심히 하지 않았냐면서, 보고 싶다면서. 그렇게 주저리, 주저리….

EP. 07

- 떠나요 둘이서 -

나와 친 형은 둘 다 대학생일 때
잠시 함께 살았다

흥흥

집가면
바로 씻어야지

그때를 회상해보자면,

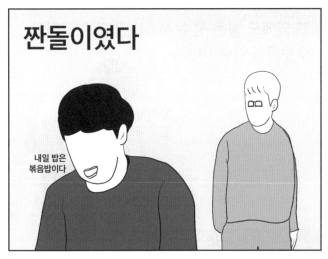

형은 항상 전 날이나 아침에 일어나서
도시락을 싸들고 학교를 갔고

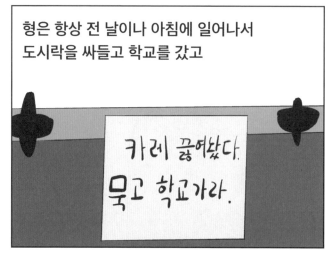

카레 끓여놨다.
묵고 학교가라.

덤으로 내 밥도 챙겨줬다

오늘은 카레
끓였나보네

그 외에도 형은 생수 사 먹는것이 아깝다고
수돗물을 끓여 마셨고,

보리차
찐하네

버스비가 아깝다고 먼 거리를
자전거를 타고 다녔다

왜 이러노
이거

당시 우리집은 아버지의 부상으로
목돈이 전혀 없는 상황이었으며

엄마도 오랜 세차일로 인해
몸이 안좋았을 시기였기에

경제적 형편이 좋지 못할 때였다

그렇게 짠돌이였던 형은 그 해,
대학을 졸업했고

곧바로 서울에 취업했다

본사에서 일하기 전,
현장 경험을 쌓아오라는 회사의 말에

형은 부산에서 일하며
겨울동안 부모님 댁에서 지냈는데,

내가 성인이 된 이후로
우리집이 가장 힘든 시기였다

그렇게 찾아 온 주말에 형은

엄마를 모시고

제주도로 갔다

비행기 무섭다
긴장되네..

ㅎㅎ

그 곳에서 엄마는
형이 준비한 렌트카를 타고

타시지요

하이고

제주도 눈사람 두 명

"제주도를 간다고? 둘이? 갑자기?"

주말에 내려간 본가에서 저녁을 먹다가 엄마에게 물었다. 제주도를 한 번도 안 가본 엄마를 위해 이미 형은 모든 준비를 해 놓은 상태였다. 아버지는 왜 안 가시냐는 질문에 아버지께서는 젊었을 적 가봤었기 때문에 괜찮다고, 안 갈 거라고 손사래를 쳤다. 슬쩍 아버지 표정을 본다. 나와 눈이 마주친 아버지는 씩 웃는다. 그렇구나. 엄마가 없는 이 집에서 아버지 또한 자유다. 제주도에 갈 엄마보다 집에 혼자 있을 아버지가 사실 더 들떠 보였다. 지혜로운 첫째 아들의 쌍방(?) 선물인 셈이다.

엄마는 차멀미를 하는 편인데, 배행기가 이륙할 때 조금 긴장했지만 의외로 멀미는 하지 않았다. 둘은 공항에 도착하자마자 렌터카를 타고 맛집 탐방을 다녔다. 동네를 벗어날 일이 거의 없는 엄마를 위한 형의 배려였다. 고기국수와 갈치구이, 흑

돼지 등 제주도에서 유명한 것들은 모두 먹었더랬다. 엄마는 술을 싫어하시지만, 저녁에 큰아들과 이런저런 이야기를 하며 단둘이 마시는 소주는 맛이 좋았다고 했다. 그렇게 2박 3일간, 둘은 맛집 외에도 엄마가 좋아하는 화원과 찻집을 돌아다니며 둘만의 시간을 보냈다.

함께 여행을 갔던 그날, 제주도에는 눈이 펑펑 쏟아졌고 엄마는 아이처럼 신이 났다. 차를 타고 숙소로 이동하던 중, 잠시 차를 세워달라는 엄마의 말에 형은 적당한 갓길에 차를 세웠고, 엄마는 차에서 내려 길기에 쌓이기 시작한 눈을 만졌다. 부산에서는 잘 볼 수 없는 풍경이었다. 엄마는 제주도에서 펑펑 쏟아지는 눈을 보고 만진 게 가장 좋았다고 했다. 엄마의 고향 지리산 산골에도 함박눈이 자주 왔는데, 엄마의 어린 시절 생각이 났기 때문이다.

엄마와 형은 제주도 바다를 함께 걸었다. 한겨울 바닷바람의 매서운 바람 속에 추위를 많이 타는 둘은 서로를 꽁꽁 싸매며 옷 지퍼를 잠가줬다. 모래사장을 걷다가 적당한 곳에 잠시 앉아 함께 가만히 바다를 바라봤다. 조용히 바다를 보며 형은 엄마에게 1년 간 월급을 모두 주겠다며, 잘 키워줘서 고맙다며 그동안 엄마의 희생에 대한 감사를 담백하게 전했다. 그 후 형은 정말로 1년 간의 월급을 모두 엄마에게 주며 멋지게 약속을 지켰다.

몇 년의 세월이 흐른 지금도 엄마에게 제주도 여행이 어땠냐고 물어보면 엄마는 어제 일처럼 자세하게 이야기한다. 이걸

먹었는데 맛은 어땠고, 저길 갔는데 풍경이 어땠고…. 신나 보이는 표정으로 조잘조잘 말을 하는 엄마를 보며 아버지와 나, 형은 씩 웃는다. 엄마의 기억 속, 한 겨울 제주도 바다 앞에는 잘 키워줘서 고마워하는 아들이 있고, 잘 커줘서 고마워하는 엄마가 있다. 바닷바람이 추워 감기 걸린다며 서로를 꽁꽁 싸매놓은 눈사람 같은 엄마와 아들이 있다. 시간이 흘러도 녹지 않는, 소중한 사랑이 있다.

EP. 8

- 여자에게 꽃이란, -

우리 가족은 형편이 어려웠기에
제대로 된 여행을 가본 적이 없었는데,

친 형이 서울로 취업을 하면서
형편은 나아졌고

형의 권유로 첫 가족여행을 떠나게 되었다

우리도 여행 한번 갑시다

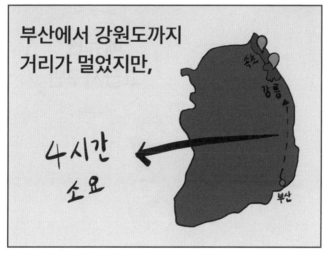

부산에서 강원도까지 거리가 멀었지만,

4시간 소요

속초

강릉

부산

주변 경관과 시설이 아주 근사했다

리조트 내부에는 카페도 있었는데,

오
메뉴판이다

메뉴판
고급지구만

엄마
뭐 드실래요

가격이 만만하지 않았다

무한리필인가?

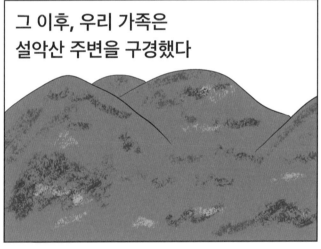

그 이후, 우리 가족은
설악산 주변을 구경했다

근데 아버지는
어디 가셨어요?

어디 있겠지
ㅎㅎ

맞네
어디가셨지

안보이시네

그렇게 구경을 끝마치고,

안 살게요

부모님은 숙소에서 쉬시고,
형과 나는 주변을 돌아보기로 했다

올 때 캔맥주
부탁한다

놀다온나

우리 형제는 내부를 돌아다니다가,

뽑기 실내사격 오락실

오!
사격!

꽃 집을 발견했다

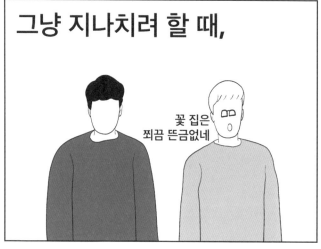

그냥 지나치려 할 때,

꽃 집은
찌끔 뜬금없네

형이 말했다

들어가자

장미 꽃 한 송이를 샀다

엘리베이터를 타고 올라가는 길,

이거 무조건
혼나는데..

문이 열리고,
꽃을 받은 엄마의 반응은

이거 뭐고

어쩌면 나는, 어쩌면 엄마는

아버지 카센터에 놀러 가면, 아버지와 나는 가끔 짜장면 한 그릇을 시켜 나눠 먹었는데 그게 그렇게 맛있었다. 가족들과 짜장면을 먹을 때마다 하는 내 단골 멘트가 있다. 어릴 적엔 짜장면이 세상에서 제일 맛있는 음식인 줄 알았다고. 어려웠던 가정환경 탓에 외식 경험이 없던 내 어린 시절은 어쩌면 그랬다.

그런 형편 탓에 엄마는 지금도 반지나 목걸이 같은 비싼 물건이 별로 없다. 나의 유년기는 부모님 두 분 모두 살기 바빠서 각종 생일이나 기념일을 챙겼던 기억도 잘 없다. 결혼기념일은 개념 자체를 아예 몰랐고, 젊었을 적 무뚝뚝한 아버지가 어머니께 꽃을 사드린다는 것은 상상도 하지 못했다. 그렇게 모두가 무던해질 때쯤, 형이 엄마에게 꽃 한 송이를 준 것이고 꽃을 받은 엄마의 반응을 나는 처음 본 것이다. 엄마를 가장 잘 안다고 생각했던 나는 사실 엄마에 대해 아무것도 몰랐고, 어쩌면 여자로서 엄마를 위해주고 생각해 준 적이 없었다는 것을 뒤늦게 알았다.

어쩌면 서른 살 지금의 나는
아직도 형에게 배워야 할 게 많은,
짜장면을 좋아하는 여전한 초등학생이다.

어쩌면 육십이 다 된 엄마는
가끔은 남에게 기대어야 하는,
예쁜 꽃을 좋아하는 여전한 소녀다.

EP. 09
- 티비 취향 -

내가 어릴 적,
우리 아버지는

내게는 친구처럼
다정한 분이셨지만

사실은 무뚝뚝한 성격 탓에
친 형과 사촌형들조차 어려워했다

옷은 한 벌밖에 없는 단벌신사였으며,

어쩌다가 엄마가 옷을 사 오시면,

아버지께서는 왜 쓸 데 없는거
사 왔냐고 화를 내셨다

됐다

낸 이런거
필요 없다

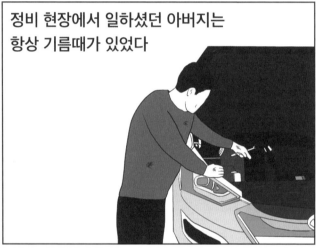

정비 현장에서 일하셨던 아버지는
항상 기름때가 있었다

가정 형편도 형편이었지만,
아버지 성격탓에 외식은 꿈도 꿀 수 없었고

핏자 그거
몸에 안 좋은거다

흰 머리가 듬성하셨음에도

염색같은 건 절대 안 하셨다

흰머리 나는 게 당연한거지

내 새끼들한테 안 부끄럽게 살면 되는거지

하지만 시간이 흐르면서 아버지께서는 점점

뭐고

아침 엄마가 공장으로 출근하시는 길이면
회사 트럭을 빌려 어머니를 태워다 주시고

날씨가 좋은 주말엔 어머니를 데리고
멀리 카페를 다녀오신다

오늘
날 좋네

밥은 한 그릇
사먹고 들어갈까?

그래

어느 날엔 심지어,

아빠 봐라

깔깔

엄마를 따라가서
눈썹문신까지 하고 오셨다

그 외에도 아버지께서는

어떻노?

62년생
짱구 같아요

깨방정을 떠셨다

아무튼
이 놈아

ㅋㅋ

요즘 두 분은 어느 곳을 가던
자주 손을 잡고 다니신다

표현할 줄 몰랐던 아버지께서
이제 그 방법을 아신 거겠지

엄마 말을
잘 듣거라

하루는 엄마 어깨를 주물러 주시며
티비를 보던 아버지께 여쭤본 적이 있다

아버지도 원래
드라마 좋아하셨어요?

드라마 보시는 걸
처음 보네

아버지는 말씀하셨다

아니

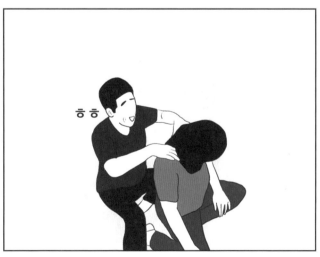

나는 그때 문득,

이렇게 말씀드리고 싶었다

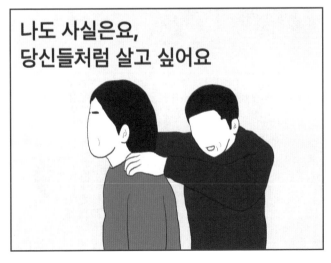

나도 사실은요,
당신들처럼 살고 싶어요

티비취향 안 맞아도,

같이 보면서.

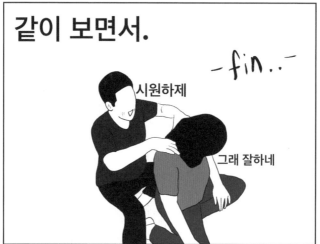

-fin..-

시원하제

그래 잘하네

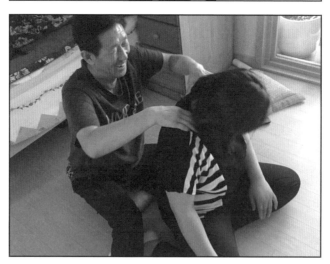

그렇게 살고 싶어요.

　시간이 흐를수록 아버지의 모습을 더 유심히 보게 된다. 본가에 가서 부모님을 가만히 바라보고 있으면 마치 TV를 보는 것 같이 재미있다. 별 것 아닌 거로 두 분이 티격태격하시는데, 사실 싸운다기보다는 아버지가 일방적으로 엄마에게 혼이 난다. 옛날 젊었을 적 아버지의 모습과는 거리가 상당히 멀지만, 나는 나이가 든 요즘의 우리 아버지처럼 늙어가고 싶다.

　세상의 모든 아버지는 나이가 들어갈수록 다정하고 유치해진다. 오랜만에 아버지를 뵈러 갈 때면, 예전에는 관심도 가지지 않으셨을 나의 옷차림이나 머리 모양까지 유심히 보신다. 그래서 결혼이나 할 수 있겠냐는 잔소리가 많아지고 오지랖(?)이 이상하게 넓어진다. 1년, 2년 시간이 흐를수록, 표현하지 않았던 감성이 흘러넘칠 정도로 풍부해져서 가끔은 아버지가 낯설게 느껴지는 날도 많다.

아버지께서 바뀌시는 이유가 호르몬이든, 갱년기든 이유는 내게 중요하지 않다. 나이가 들어갈수록 배우자에 대한 존경과 사랑이 더해져 간다는 건 정말 멋진 일이니까. 나도 그렇게 천천히 서로를 이해하고, 함께 살아가고, 또 다정하게 늙어가고 싶다.

지금 나오는
쟤가 못된 애다

오오

EP. 10

- 구두쇠의 선물 -

내가 어렸을 때,
우리집은 형편이 어려웠다

때문인진 몰라도 아버지께서는

민석아

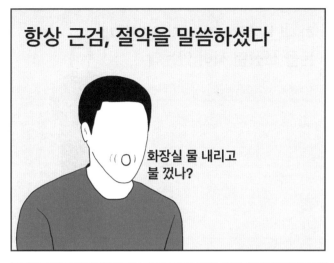

항상 근검, 절약을 말씀하셨다

화장실 물 내리고
불 껐나?

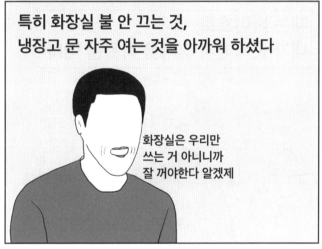

특히 화장실 불 안 끄는 것,
냉장고 문 자주 여는 것을 아까워 하셨다

화장실은 우리만
쓰는 거 아니니까
잘 꺼야한다 알겠제

또, 밖에서 식사나 음주를
하시는 걸 본 적이 없다

돈 든다
집이 최고다

하지만 구두쇠 아버지도 멋지게
돈을 쓰셨던 적이 있는데

때는 바야흐로,
내가 군대에서 휴가를 나왔을 때다

삐리릭

네 엄마
부산 집 도착했어요

어디세요?

아버지의 용돈 금액을
처음 알게 되었다

사장님
계산서좀 주세요

아버지와 집으로 돌아가는 저녁,

민석아
준비 됐나?

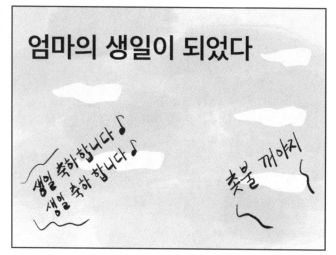

193

그렇게 선물타임이 끝나갈 때,

예전에 회사 사장 사모가 왔는데
가방이 참 멋지더라고

니네 엄마 맨날
다 떨어진 시장가방 들고
다니는 게 생각나서

모은 돈 가지고
백화점 가서
사오려고 했는데

미안하데이

아버지의 월급은 각종 공과금과 보험료 등으로 빠져나갔고 어머니의 월급은 생활비와 우리 형제의 교육비로 사용되었다. 뻔한 월급 속에서 예상치 못한 지출들이 생기는 날이 종종 있었다. 그래서 나의 부모님은 항상 허덕이셨다. 어렸던 나는 아버지와 어머니께서 개인적으로 쓰시는 지출에 대해서는 생각해 본 적이 없었다. 그래서 가족 중 내 호주머니가 가장 두둑했었다는 사실을 알기까지는 꽤 오랜 시간이 지나야만 했다.

아버지께서는 15만 원이면 나름 할 수 있는 것이 많다고 말씀하셨다. 엄마 데리고 커피도 한 잔 마시러 멀리 나갈 수도 있고, 집에 들여놓을 캔맥주도 살 수 있다고 말씀하셨다. 담배도 안 태우시고, 밥도 항상 집에서 먹기 때문에 돈 쓸 일이 거의 없다고 자랑하셨다. 하지만 오늘 소줏값은 못 낸다고, 날 보며 사라고 말씀하시고는 껄껄 웃는 나의 아버지를 보며 이런저런 생각이 많이 들었다.

아버지께서는 어느 날, 회사 사장님의 사모님께서 들고 있는 가방을 보셨다. 그게 참 멋져 보여서 '석이 엄마도 저런 거 하나 메면은 폼 날텐데.'하고 생각하셨다고 했다. 명품이니 비쌀 것이라는 생각에 무작정 열 달 동안 돈을 모으셨다.

그렇게 모은 백만 원을 들고 슬쩍 백화점 명품관을 들어가셨을 아버지가 그려진다. 보여달라는 가방마다 백만 원은 족히 넘었을 것이다. 가격을 확인한 아버지께서는 대답을 얼버무려 자리를 나오셨다고 하셨다. 풀이 죽은 채, 집으로 돌아오셨을 아버지의 뒷모습을 생각하면 참 가슴 시리다. 돌아온 그날 밤, 이런저런 생각으로 잠자리에 누웠을 당신이 나는 안타까웠다.

"내가 가지고 간 돈으로는 턱도 없더라고" 하며 겸연쩍게 웃으셨던 아버지의 표정이 떠오른다. 옅은 아버지의 웃음소리. 내가 지었을 표정은 아마 내 맞은편에 있던 어머니와 형과 똑같았을 것이다. 잠깐의 침묵 이후 아버지께서 하셨던 말씀은 '미안하다'였다.

어머니의 손에 들려있는 하얀 봉투 속 들어있는 것은 백만 원이 아니었다. 안엔 아버지의 시간 열 달이, 아내에 대한 사랑이, 그리고 안타까운 마음이 가득 들어있었다. 그것들의 값을 과연 어떤 누가 감히 측정할 수 있을까. 아마도 없을 것이다.

EP. 11

- 돈이 전부는 아니니까 -

오랜만에 본가로 가서,
식사를 했다

식사 도중, 아버지께서 말씀하셨다

없는데요

이어지는 공방전

얼마나 됐노

아무것도?

몸에 하자있나?

정신적으로는?

기억 안나요

없습니다

없습니다

지금 생길 거
같은데요

아버지가 너희 엄마를
만날 땐 말이다

아주 용맹했지

205

그렇게 식사가 끝이 날 때 쯤,

엄마가 기침을 하셨다

다음 날, 엄마는
코로나 확진을 받으셨고

연락을 드려보니
열이 조금 난다고 하셨다

그리고 잠시 후,
아버지께 전화가 왔다

예 아버지

아버지 회사 오늘
주말 출근 있어서 나와있는데,
너네 엄마가 걱정된다

오늘 집에 와서
엄마좀 챙겨주거라

알겠습니다

나는 그 날 저녁 전,
본가로 향했고

본가에 도착했을 때는

나 왔어요

아버지께서 이미 와계셨다

왜 오라 하신거지..

어 왔나

엄마는 목이 쉬고 열이 나기 시작했다

아버지는 계속
나를 보채셨고,

너네 엄마..
열좀 재봐라

또요?

아버지의 부탁대로
30분마다 한 번씩 열을 쟀더니

아까랑
똑같아요

너무 자주 하면
엄마도 피곤해요

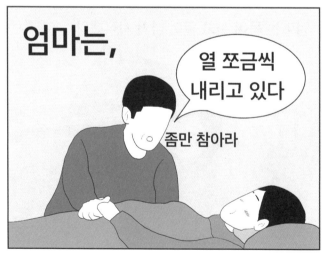

엄마는,

열 쪼끔씩
내리고 있다

좀만 참아라

뭐라고?

어응 어응

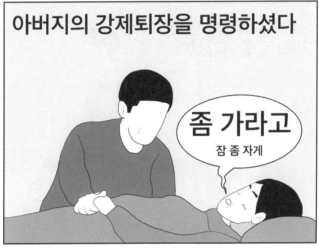

아버지의 강제퇴장을 명령하셨다

좀 가라고

잠 좀 자게

그렇게 퇴장 당한 아버지와
나는 거실에 나와 있었는데,

ㅋㅋ

...

아버지는 한 **20분** 앉아계시다가,

괜찮을거에요

갑자기 엄마가 계신
방으로 들어가셨다

궁금한 마음에 문을 열고
따라 들어가 보니

뭐해요
아버지

아버지께서는,

엄마 몰래 발가락 사이에
체온계를 넣고 계셨다

열이 안 떨어지네..
큰일이네..

그 광경을 보고 난 후,

저거 저러면..
체온 측정이
가능 한건가 ?

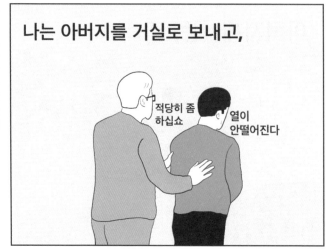

나는 아버지를 거실로 보내고,

적당히 좀 하십쇼

열이 안떨어진다

이후, 잠에서 깬 엄마가 나를 불렀다

민석아 물 좀 줘

쿵

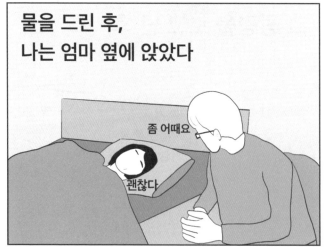

물을 드린 후,
나는 엄마 옆에 앉았다

좀 어때요

괜찮다

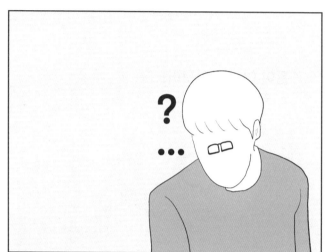

엄마, 그러면 아버지 왜 만났어요?

내 질문에 엄마는 말씀하신다.

"절로 안 가나? 콱 그냥"

끈질기게 물어보니, 비하인드가 있다.

엄마와 아버지께서는 한 작은 회사에서 처음으로 만났는데, 사람들 앞에서도 기죽지 않는 당당한 아버지의 모습에 눈길이 갔다고 말했다. 사람은 꾀죄죄해 보여도, 당당하고 성실한 저 남자하고 살면 밥은 안 굶겠다는 생각을 하셨더랬다. 그 말을 들어보니 아버지의 허풍이 아예 영향을 못 미친 것은 아닌듯하다.

사실 젊었을 적의 아버지는 다정한 편이 절대 아니었다. '내가 나요!'하던 젊은 꼰대(?) 그 자체였다. 그런 아버지께서 본격적으로 바뀌신 것은 내가 성인이 된 이후부터니 약 10년 정도

된 이야기다. 그래서인지 아버지는 항상 입버릇처럼 말씀하시는 것이 있다.

"아직 너네 엄마한테 갚아야 할 빚이 많다."

갈수록 더해지는 아버지의 깨방정에 가끔은 '왜 저러나…' 싶을 때가 있지만, 그래도 자식으로서 싫지 않은 모습이다. 멀리 사는 자식이 밥 잘 챙겨 먹고, 건강하게 잘 지내는 모습을 보면 부모들은 비로소 안심한다. 자식도 마찬가지다. 멀리 사는 부모님들이 서로 잘 지내고, 또 가끔 싸우고, 미안하다고 화해하고, 고맙다고 말하고…. 그렇게 아웅다웅 같이 사는 모습을 보면 자식도 비로소 안심한다. 그래서, 나는 내 마음에 안식이 필요할 때마다 부모님이 어떻게 사는지를 보러 부산으로 내려가곤 한다.

EP. 12

- 지게차는 사랑을 싣고 -

어느 날, 아버지께서 말씀하셨다

그 뭐냐

지게차 운전기사 자격증
필기 접수좀 해줘라

지게차요?

아버지 필기시험
신청 접수를 도와드리고,

접수비 드네

문제지를 뽑아서 아버지께 드렸다

고맙다

고맙다

접수비 들었는데요

시간은 흘러, 아버지께서
필기시험을 치던 그 날

아버지는 합격의 승전보를 알리셨고,

파죽지세로 실기시험에 도전하셨다

실기시험의 결과는

안타깝게도 불합격이었다

아..
다시 접수
해드릴게요

하지만, 아버지는
포기하지 않으셨고

이번엔 무조건
될끼다

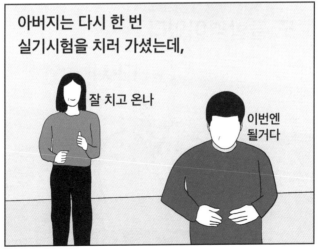

아버지는 다시 한 번
실기시험을 치러 가셨는데,

잘 치고 온나

이번엔
될거다

엄마께 들은 소식으로는

석이아빠
밥 묵자

아버지께서

?

많이 시무룩하다고 하셨다

왜 떨어졌지

이후, 걱정되는 마음에 찾아갔던 본가에서

저 왔어요

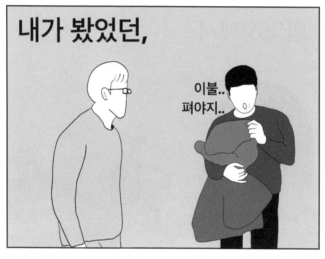

내가 봤었던,

이불.. 펴야지..

60대 사나이의 좌절감은

생각보다 무서운 것이었으나,

에라이

와..

다행히 든든한 조력자가
있었던 아버지는

잘 될거다

다시 한 번 힘을 내셨다

직진코스
지나서..

그만하고
밥 묵어라 밥

233

끝내 합격하셨다

오 진짜요?

그래
자격증 나올테니까
신청까지 좀 해줘라

알겠습니다

문득 궁금해진 나는
아버지께 물어봤다

아버지
근데..

지게차 자격증은
갑자기 왜 따신거에요?

좀
뜬금없긴 해서요

아버지께서 하신 말씀은
의외의 이유였다

ㅋㅋ
따지는 게 아니라
궁금해서요

이제 너네 엄마랑
시골 들어가서 살 준비
하려고 한다

나는 그때서야 알았다

아버지가 지게차로 들려고 했던 것은
무거운 돌 덩어리나 팔레트가 아니라,

와..

몇 배는 더 무거운,

대단하시네

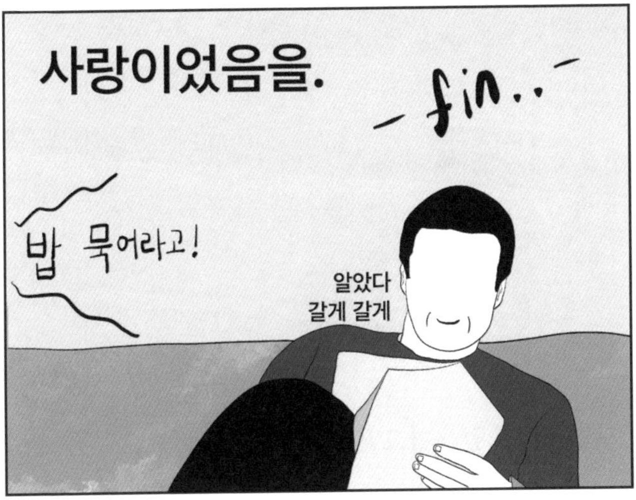
사랑이었음을.
fin..
밥 묵어라고!
알았다
갈게 갈게

시골 갈 수 있을까요?

시골에서 온 여자, 우리 엄마의 취미는 식물 키우기다. 한 해마다 하나씩 늘어나던 엄마의 식물 컬렉션(?)은 어느새 발코니한 칸을 가득 메울 정도가 되었다. 햇빛을 보지 못해 다 죽어가던 내 자취방 안 수상식물도 엄마의 손길을 받는 순간 쑥쑥 자란다. 또 지인에게 얻어 키우기 시작한 작은 구피(물고기)들은 매달 마릿수가 두 배로 늘어나 다른 사람들에게 나눠줘야 할정도다. 거리를 가다가 이름 모를 꽃이나 풀을 가리키며, '이거 뭐예요?' 하고 엄마에게 물어보면 바로 답이 나올 만큼 식물 박사다. 들풀 같은 우리 엄마는 시골에서 태어났고, 생활했고, 또 살고 싶어 한다.

도시에서 온 남자, 우리 아버지는 들풀이나 식물에 전혀 관심이 없다. 식물들이 있는 발코니는 문 열 일 자체가 없으며, 집 거실에 떡하니 있는 작은 어항 속 물고기들에게도 관심이 없다. 시골길을 엄마와 걷다가 풀이 보이면 아버지는 '여기 두 릅이 있네.'하고 아는 척을 한다. 그게 어딜 봐서 두릅이냐고 어머니께 한 소리 듣고 낄낄 웃으신다. 하지만, 아버지는 새벽에 일어나자마자 졸린 눈으로 물고기들이 건강한지 살펴보는 엄마를 가만히 보는 것을 좋아하고, 또 여러 가지 식물을 본인에게 설명하는 엄마의 신난 모습을 좋아한다. 우리 아버지는 도시에서 태어났고, 생활했고, 또 살고 싶다고 하지만 엄마와의 시골 생활도 나름 기대 중이신 것으로 보인다.

전혀 맞지 않을 것 같은 두 사람이 펼쳐나갈 시골 삶이 기대된다. 시골에서 살아남는(?) 방법을 아는 우리 엄마와 그런 엄마를 신나게 할 줄 아는 아버지가 있으니, 뭐가 더 필요할까.

EP. 13

- 감이 익어 가듯이 -

20년 넘는 세월동안
서로 모르고 살다가

평생을 함께 할 수 있을까요?

서로 다른 환경에서 살아온 두 명이

각자의 상처를 안아줄 수 있을까요?

부부라는 건 참 신기한 관계입니다

얼마 전엔 고향인
부산을 다녀왔습니다

본가에서 엄마와 함께
아버지 퇴근을 기다리던 중,

'우와' 하고 좋아하는
엄마 목소리가 들렸습니다

소리를 듣고
나가본 현관 밖에는

엄마가 가장 좋아하는
단감이 한가득 쌓여있습니다

일을 마치고 돌아온 아버지는

올 해는 다른 가게에서 사 온 거라며
먹어보라 하십니다

신이 난 엄마는
저녁도 안 먹었는데

단감 서너 개를 얼른 집어,

허겁지겁 깎아 그릇에 내 옵니다

물품을 배송하는 일을 하시는
아버지께서

단감이 유명한 진영으로
배송 가는 날이면,

도로 곳곳에 있는 단감 노상에 들러
한가득 감을 사 옵니다

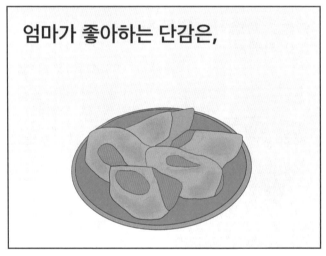

엄마가 좋아하는 단감은,

내년도, 내후년도
현관 앞에 가득 쌓여있을 겁니다

엄마가 달다며 단감 몇 개
더 들고 오는 모습을 보고,

"내년 단감도 여기서 사야겠다"며
멋쩍게 웃는 아버지를 보니..

- fin..-

엄마가 감을 좋아하는 이유

엄마가 어릴 때는 먹을 것이 없었다. 하루 밥 세 끼를 먹는 집을 찾기 어려웠던 시대였으니 경남 지리산의 시골은 오죽했을까. 그러므로 어린아이들이 좋아할 만한 달달한 간식거리는 시골 동네 안에서 찾아야 했다.

다래, 산딸기, 돌배 등 다양한 간식거리 중에서 엄마는 특히 감을 좋아했다. 가장 가까운 이웃집에 감나무가 있었기 때문이다. 나무에 달린 감을 따가진 못했고, 눈치를 보다가 바닥에 떨어진 감을 서너 개 주워 집에 가져가도 되냐고 주인집에 물어보고 가져갔다. 그마저도 이웃집 내외가 있을 때야 허락을 맡을 수 있었기 때문에 감이 먹고 싶어 그 집 앞에서 온종일 쭈그려 앉아 기다린 적도 있었다고 한다.

그렇게 떨어진 감을 주워다가 집에 가져다 놓으면, 외할머니는 그 감에 소금물에 담가 삭혔다가 엄마와 외삼촌에게 줬다고 했다. 지금 시장에서 파는 단감보다 훨씬 작고 또 단맛보다 떫은맛이 훨씬 강했음에도 그게 그렇게 맛있었다고. 40년이 훌쩍 넘는 세월이 흘렀지만 그 감의 맛이 선명하다고 말씀하신다.

40년이 훌쩍 넘은 시간이 흘러, 이제는 그 감을 우리 아버지가 매해 챙겨드리고 있다. 아버지는 엄마가 가을마다 감 박스를 쌓아두는 이유를 알고 있다. 어쩌면, 어른의 사랑을 충분히 받지 못했던 엄마의 유년 시절에 대한 결핍을 아버지가 챙겨주고 있는 것일지도 모르겠다.

내년도, 내후년도 감은 여전히 현관에 쌓여있을 것이다.
"딱 지나가는데 사람들이 줄을 서 있더라고. 그래서 이번엔 여기로 사 왔다."
멋쩍게, 그리고 조금은 신난 채 이야기하는 아버지를 보니.

EP. 14

- 나만 못 웃는 유머 -

내가 아버지께 배웠던 큰 장점은

엄격 근엄

항상 유머를 잃지 않는다는 것이었다

깔깔 근엄 엄격

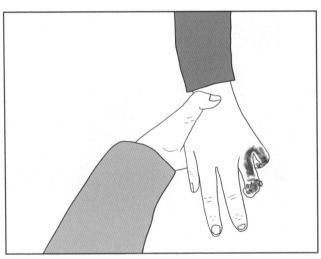

그런 유머가

편의점 다녀옵니데이

가끔은,

따봉 진짜 안되나?

나에게만

거짓말을 못하는 경우가 참 많다

- fin.. -

그 말을 하고 싶었는데

"민석아 그….."

수화기 너머 들린 엄마 목소리가 우물쭈물하다. 뭔가 말할 게 있지만 숨기려는 눈치다. 무슨 일이냐는 내 말에 엄마는 '아니다'하며 말끝을 흐린다. 괜찮으니 말해보라고 엄마를 닦달한다. 엄마가 말한다. 공장에서 일하다가 손가락이 기계에 말려 들어 가서 입원했다고.

"근데 손을 빨리 뺐다. 심한 게 아니라서 말하는 거다. 수술 잘 끝났고 엄마는 괜찮다. 니네 아빠가 말하지 말랬는데….."

그걸 왜 이제 말하냐고, 아버지는 또 왜 그걸 말하지 말라고 하셨냐고 버럭 엄마에게 화낸다. 엄마는 내가 걱정할까 봐 말 하지 않았다고 했다. 그걸 도대체 왜 숨기냐고, 왜 그러는 거냐 고 엄마에게 따진다. 그런 걸 말 안 하면 무슨 말을 할 거냐며

놀란 마음을 나보다 더 놀랐을 엄마에게 쏟아내 버린다. 수화기 너머 엄마의 목소리가 들리지 않는다. 크게 한숨을 쉬고 엄마에게 묻는다.

"…그래서 괜찮아? 미안해요. 화내서."

엄마에게 달려가 손 상태를 봤다. 왼손 약지와 새끼손가락에 굵은 철심이 박혀있고, 손 대부분에 멍이 들어있다. 다행히 프레스 기계라 절단이 되진 않았지만, 뼈가 마디마디 부서졌더랬다. 엄마의 왼손을 내 얼굴 가까이에 댄다. 구부정한 손가락을 바라보다가 한마디 한다.

"뭐고, 엄마 이제 따봉 못하겠네."

주먹을 못 쥐니 맞을 일 없겠다는 내 실없는 농담에 엄마는 아들 잘못 낳았다며 웃지만, 사실 실없는 농담보다 그 말을 하고 싶었다. 이제 일하지 말라고. 공장에서 일하면서 얼마나 부자 되실 거냐고. 일당 그게 얼마냐고.

"내가 커서 돈 많이 벌면, 엄마 일 그만하게 해줄게."

내가 어릴 때, 세차장에서 일하고 녹초가 되어 돌아온 엄마에게 자주 했던 말이다. 십수 년째 말만 되풀이하는 말이지만, 나이가 들어갈수록 그 말을 하기가 힘들다. 책임을 질 수가 없기 때문이다. 나이가 들어간다는 것은 자신감을 잃어가는 과정일지도 모르겠다. 아니, 어쩌면 나를 너무나도 잘 알아가는 과정일지도 모르겠다.

EP. 15

- 그렇게, 아들은 아버지를 닮아가고 -

내가 사는
우리 할머니 집은

내 나이보다 오래된 만큼,
곳곳에는 세월이 묻어있다

그래서인지, 집을 보다보면
이런저런 생각이 많이 들었다

진짜 낡긴
낡았구나..

어느 날 부모님과 함께
식사를 하다가 할머니집 이야기가 나왔다

물 잘 나오고?

보일러
잘 나오나?

그럼요

계단에 물 생기면
위험하니까
조심해래이

ㅋㅋ
알았어요

263

이번엔
잘 돼야 할텐데..

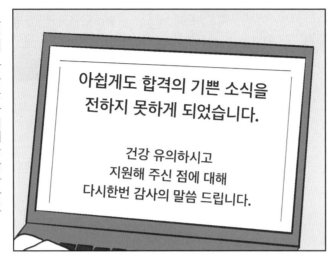

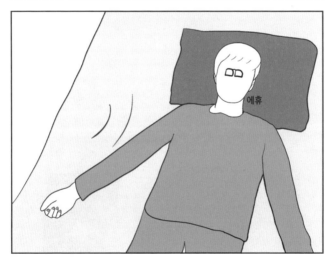

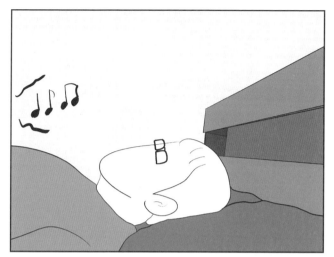

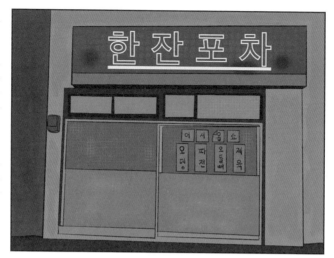

그렇게, 아들은 아버지를 닮아가고

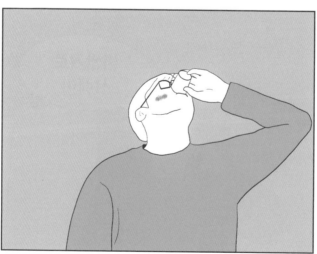

274

그렇게, 아들은 아버지를 닮아가고

그렇게, 아들은 아버지를 닮아가고

따라가는 것들

내가 어릴 적, 퇴근한 아버지의 손에는 검은 비닐봉지가 자주 들려 있었다. 비닐봉지 안에 들어있는 것은 나와 형이 먹을 아이스크림과 소주 한 병, 매번 똑같았다. 엄마는 봉지 안에 소주가 들어있는 것을 싫어했지만, 어린 나는 관심이 없었다. 그저 아버지가 사 온 봉지 안의 아이스크림이 '콘'이냐 아니냐가 중요했을 뿐.

저녁 밥상 위, 초록색의 소주병이 올라올 때마다 나는 물었다.
"아빠는 몸에도 안 좋은 술 왜 먹어?"
그럴 때마다 아버지는 씨익 웃으며 말씀하셨다.
"민석아, 이거는 술이 아니라 보약이다. 보약."

성인이 된 이후, 유독 버겁게 느껴지는 하루가 있다. 그런 날엔 집 앞 편의점에 들러 맥주 두 캔을 산다. 내 몸에 보약일 리가 전혀 없는 술이지만, 혼자 조용히 마시는 맥주 한 잔이 '오늘 하루도 끝이 났다'는 당연한 위로를 준다. 내 몸에 독약인 것을 알지만, 우습게도 독약이 약이 되는 날이 세상엔 생각보다 많기 때문이다.

야속하게도 나이가 들어야 보이는 것들이 있다.
외로움도 아버지를 닮아가나 보다.

EP. 16

- 나를 일으켜 주기에 1편 -

번번이 취업에 낙방할 때마다,
나는 한참동안 동네를 걸었다

내 스스로에게 의구심이 들었다

뭘 하고싶은 진 커녕,
뭘 해야하는지도 몰랐다

전역 후, 하고싶은 걸 해보겠다고
부모님께 말씀드렸었지만,

독서실

뭔가 하나라도 손에 쥐어질만한 것이 없는
그런 1년이었다

어른들..

그렇게 주말이 되고,
부모님과 함께 시골로 향하던 길

민석아
저번에 회사 넣었던 건
어떻게 됐노?

망설이던 나는,

저..

대답했다

떨어졌어요

ㅎㅎ

그러자, 엄마가 말씀하셨다

하이고..
아쉽겠네

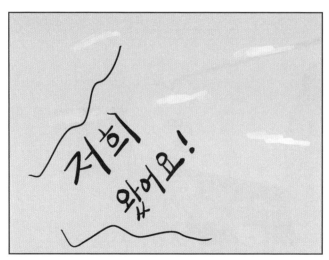

부모님과 나는 시골에 도착해서
어른들을 만났고

어른들 댁으로 들어가자마자

그렇게, 술과 이야기가
무르익어갈 때

가만히 계시던 아버지께서

말씀하셨다

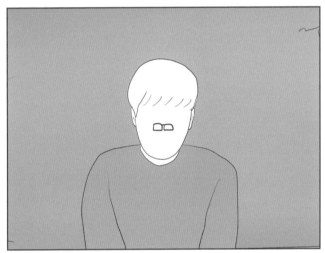

"그게 왜 하고 싶은거고?"

우리 아버지는 근거를 중요하게 생각하는 사람이었다.

IMF시절을 관통했던 청년 시절과 예상치 못한 일들로 인해 실패했던 카센터의 폐업과 같은 경험들로 쌓여온 아버지의 생존방식이었기 때문이다. 당장 마주 앉은 상대방의 기분에 공감해 주기 보다는 앞으로의 상황을 함께 따져보는 것이 상대방에게 더 도움 될 것이라는 믿음이 있어서일 것이다.

그래서 아버지께서는 대입, 장교 입대와 같이 내가 내린 굵직한 결정들에 대해 항상 근거를 여쭤보셨다. 어떤 일이든 가족을 설득시킬 근거가 있어야 하는 것은 당연한 일이겠으나, 이런 아버지 성격 때문에 내심 서운했던 적이 꽤 많았다.

그런 아버지가 밑도 끝도 없이, 또 아무 근거도 없이 친척들 앞에서 나를 자랑했다. '명문대를 나왔으니 좋은 직장에 취업

할 것이다.', '좋은 직장을 다니니 부자가 될 것이다.'가 아니라, '만화를 그리니 좋은 어른이 될 것이다.'라는 것이었다. 인과관계라곤 전혀 찾아볼 수 없는 말이 뜬금없이 아버지의 입에서 나오니 부끄러움이 들었다. 그 부끄러움은 '왜 저런 말씀을 하시는 걸까'하는 원망이 되었고, 그 원망은 다시 내게로 향했다. '자랑거리가 하나라도 있었더라면.'

화장실을 가는 척 밖으로 나왔다. 습관적으로 입에 담배를 물었다. 불을 붙이기 전, 문득 만화가 주는 의미에 대해서 생각했다. 아버지께서 유일하게 근거와 목표를 묻지 않은 것이 이 만화였다. 어쩌면 나이가 들면서 아버지를 닮아간다는 생각이 잦은 요즘의 나처럼, 만화 속에서 당신을 닮아가고 있는 작은 아들이 보였던 것일 수도 있겠다는 생각이 들었다.

눈물은 안 났다. 대신 한숨이 나왔다. 그래. 오늘을 기억하자. 아버지가 나를 근거 없이 응원해 준 오늘을 생각하며 힘을 내보자. 자꾸만 힘이 빠지는 상황에서도 내가 다시 일어날 수 있었던 것은 가족이 있기 때문이었다.

EP. 17

▬ 나를 일으켜 주기에 2편 ▬

그날 밤, 우리 가족은 펜션으로 갔고

나는 뒤늦게 온 형과 펜션에서
소주를 한 잔 했다

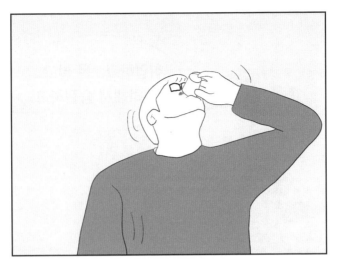

내는
있잖아,

이제껏 그냥
빨리 졸업해서,

319

최종합격을 축하드립니다

내부 검토 결과 이민석 지원자님께서
보여주신 역량이 꼭 필요하다 평가되어
기쁘게 생각합니다.

입사를 위해 필요한 서류 안내드립니다.
자세한 안내사항 및 처우는 아래의 내용을

엄마는 얼마 전 형이
부산에 내려왔었다고 말씀하셨고

형과 커피 한 잔을 했더랬다

날도 좋은데
커피 한 잔 할까?

그래

민석이한테
뭐 들은 거 없나?

이상하게 웃음이 났다

[You raise me up]
이라는 노래가 있다

노래 자체도 좋지만
나는 그 가사를 참 좋아한다

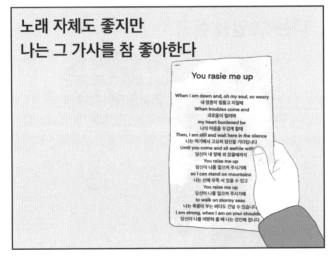

넘어진 나를
일으켜 줄 사람이 있다는 것,

나보다 나를 더 인정해주는
사람이 있다는 것

그 사람들이

내가 기다릴게, 라는 한마디

어릴 적, 밤에 화장실이 가고 싶으면 나는 엄마를 깨웠다. 화장실이 밖에 있던 터라 새벽에 혼자 현관문을 열고 나갈 자신이 없었다. 세상에 무서운 것이란 무서운 것들은 모두 저 현관문 밖에 있을 것만 같았다. '엄마 자나?'하고 엄마를 슬쩍 깨우면, 엄마는 내 손을 잡고 함께 현관문을 나가줬다. 화장실 안에서 일을 보면서도 무서워서 나는 '엄마 거기 있제?'하고 말을 걸거나 노래를 불러달라고 했다. 엄마는 기꺼이 대답을 해주거나 노래를 부르며 나를 기다려줬던 기억이 난다.

취업을 준비하며 느꼈던 수많은 감정을 쭉 나열해 봤을 때, 한가운데 있는 것은 무서움이었다. '전부 떨어지면 어떡하지', '언제까지 이 생활을 해야 하는 거지' 미래에 대한 불확실에서 시작되는 초조함은 오줌이 마려웠던 나의 7살 그때보다 어쩌면 더 급했고 불안했다.

에피소드에 나온 저 때의 나는 어떤 말을 가장 듣고 싶었을까, 어떤 것이 가장 필요했을까를 생각해 본다. 어디에서 위로를 받았고, 또 어디에서 다시 일어날 힘이 생겼을까 생각해 본다. '잘될 거야.' '힘내라' '할 수 있다' 그간 들어왔던 모든 응원 속에서도 가장 큰 힘이 되어줬던 것은 사랑하는 사람들의 '기다릴게' 한 마디였다.

오늘날에도 불확실과 싸우고 있는 사람이 많다. 어쩌면 이 책을 읽고 있는 당신의 이야기일 수도 있겠다. 밥 한 숟가락을 넘기는 일이 문득 벅차게 느껴지거나, 잠자리에 누웠을 때에는 내일 걱정에 숨이 턱 하고 막혀오거나, 아침에 눈을 떴을 때 아직 일어나지 않은 일들에 대한 스트레스로 인상이 찌푸려지거나 하는 일들을 당신이 지금 겪고 있을 수도 있겠다.

그렇다면 내가 오지랖을 조금 부려 감히 말해주고 싶다. 당신 주변의 누군가는 당신을 믿고 기다리고 있다고. 만약, 아무리 생각해 봐도 없는 것 같다면 내가 당신을 기다리겠다고. 대답이 필요하면 재깍재깍(?) 대답해 줄 거고, 노래를 불러달라고 하면 끝내주게 불러줄 테니 아무 말없이 응원하며 여기서 꼼짝 않고 기다리겠다고. 그러니 우리 조급하게 생각하지 말자고.

EP. 18

- 남들도 모르게 서성이다 울었지 -

금요일 출근해서 일을 하고 있었는데,

아버지께 전화가 왔다

예 아버지

나는 급하게 반차를 쓰고,

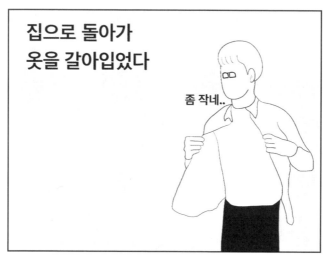

집으로 돌아가
옷을 갈아입었다

좀 작네..

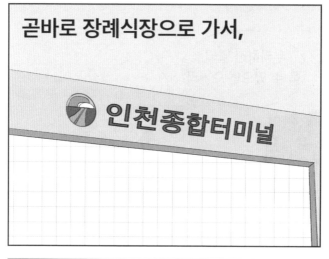

곧바로 장례식장으로 가서,

인천종합터미널

주변을 두리번거려보니,
아버지께서는

장례식장을 가만히 보고계셨다

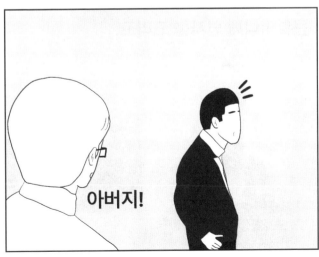

아버지!

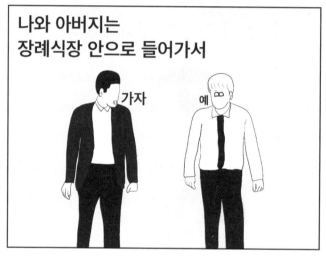

그렇게 아버지와 나는
자리를 옮겨, 소주 한 잔을 했다

남들도 모르게 서성이다 울었지

342

젊었던 우리 엄마 사진이 있었다

옛날에 집 정리하다가
앨범에 있는 사진
찍어놓은거다

육십 살 소년

    나의 할머니, 할아버지는 북한에서 내려온 피난민이었다. 전쟁통에 정신없이 정착했던 남한에서 기댈만한 곳은 없었다. 폐허 속에서 할머니는 쓰레기장에서 쓰레기와 고물을 주워 팔았고, 그 돈으로 4남매를 키웠다. 하지만 갓난쟁이 아이를 넷이나 데리고 쓰레기장을 갈 순 없는 일이었다. 깨져있는 도로와 건물들 사이를 헤치며, 핏덩이들을 데리고 살아보려 발버둥 치던 그 시절, 우리 할머니께 큰 도움을 주셨던 분이 이번 에피소드에 나오는 큰할머니였다.

    큰할머니는 사실 혈육이 아니라, 우리 아버지의 유년기에 옆집에 살던 이웃이다. 그녀는 열심히 살아보려 애쓰는 나의 친할머니를 많이 도와줬더랬다. 없는 살림 속, 함께 김장을 하고 먹을 것을 나눠 먹고 이런저런 경조사를 서로 챙겨주며 의지하고 지낸 사이였다. 인연은 몇십 년을 이어져 아버지께서도 '큰 어머니'라고 부르는 사이였다.

아버지로선 집 안의 가장 큰 어른이 돌아가신 것이었고, 유년 시절을 함께 보냈던 마지막 어른이 돌아가신 것이었다. 내가 장례식장에 갓 도착했을 때, 아버지는 장례식장 입구에 서서, 그 내부를 가만히 들여다보고 있었다.

장례식장에 들어와 아버지와 큰할머니께 인사를 드린 뒤, 식사를 하며 소주를 마셨다. 맞은 편에서 소주를 넘기시는 아버지는 웃고 있었지만 조금은 허전해 보였다. 아버지와 함께 소주를 마신 적은 많았지만, 유독 술잔이 무겁게만 느껴지는 날이었다.

아버지께서는 소주를 한 잔씩 넘길 때마다 '세월'에 대해 말씀하셨다. 세월이 빠르다느니, 무섭다느니 하는 그런 말이었다. 술안주 삼아 나올 수 있는 흔해빠진 말이지만, 그날은 그 농도가 달랐다. 아버지는 술에 취해 여러 가지 말씀을 하셨지만, 궁극적으로 하고 싶던 말은 이제 정말 세상에 고아가 된 것 같은 느낌이 든다는 것이었다. 엄마와 아빠, 그리고 집안의 마지막 어른이 모두 돌아가신 후의 아버지는 60살이라는 나이를 한순간에 먹어버린 소년처럼 보였다.

숙소로 돌아와서 침대에 누웠다. 아버지는 잠이 안 오는지, 잠시동안 뒤척이다가 이내 휴대폰을 들었다. '뭐가 불편하세요?' 내 말에 아버지는 말이 없었다. 내가 몸을 돌려 잠에 들

려 할 때쯤, 아버지는 나를 불러 휴대폰 속 사진 한 장을 보여
줬다. 사진 속엔 젊은 우리 엄마가 나를 안고 있는 모습이 보였
다. 앨범 안 낡은 사진을 휴대폰으로 찍어놓은 것이었다.

아버지는 이날, 지나온 삶을 되돌아보셨을 것이다. 그리고
앞으로 다가올 빠른 세월에 대해 '더 늦기 전에 잘 해야 할 텐
데' 하는 생각이 들면서도, 눈물이 왈칵 났겠지. 돌아갈 수 없
는 시간과 흘러온 세월에 대한 무서움이 온몸을 관통하는 느낌
이 들었을 테지.

이날 인천의 허름한 모텔 방 안에는 지난날을 아파하는 육십
살 소년과 그 소년의 울음을 가만히 지켜보는 서른 살 아저씨
의 밤이 깊어가고 있었다.

EP. 19

- 아들의 결혼식 -

형은 여자친구와 6년을 만났다

형의 여자친구인 연이 누나는
우리 가족과도 몇 번 봤었고,

아버님,
쓴 커피가 싫으시면
마끼야또 한번
드셔보세요

오

또 성격이 다정하고 착해서

아버지께서 특히 좋아하셨다

그러던 어느 날,
형과 나는 부모님을 뵈러갔다

식사가 끝날 때 쯤, 엄마가 말씀하셨다

밥 먹고
오늘 장 봐야 하는데
누가 따라갈래?

내랑 가자

엄마랑 내는 장 보러 가고,
아버지는 민석이랑 카페 가 계세요
드릴 말씀이 있습니다

**식사 후
엄마와 형은 장을 보러 갔고,**

불안한데 뭔데?

비밀 ㅎㅎ

아버지와 나는 카페로 향했다

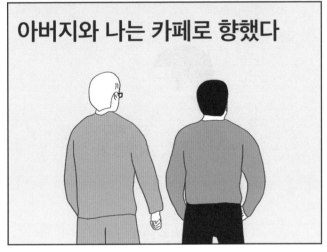

아버지 커피에 시럽 타드리면 되지요?

맨날 드시던대로

아버지와 놀다보니 형과 엄마가 왔고,

...아이스로요?

다 함께 티 타임을 가졌다

아까 하려던 말이 뭔데?

저, 연이랑 결혼 하려고요

연이가
부탁한거에요

그렇게 아버지께서는
형 결혼식의 축사를 하시게 됐는데,

ㅋㅋㅋ

고마
최선을 다해 보께

그 이후로 문제는,

이렇게 대표로
인사드리게 되어
대단히 영광입니다!

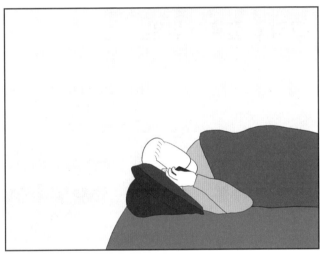

아버지는 일을 하며 점심도 안 드시고
축사를 연습하셨다고 했다

다시 한 번
감사의 말씀 전합니다

그리고 결혼식 당일,

다음은 신랑 아버님의
축사가 있겠습니다

아버지의 축사 시간이 다가왔다

꾸벅

그렇게 결혼식이 끝나고,

부모님과 택시를 타고 집으로 돌아갔다

안녕 하십니까 신부 ~~~~ 의 시아버지 이경욱 입니다
~~~~ (신랑 이경욱 아버지)

오늘 뜻깊은 결혼식에 양가 가족 대표로 인사 드리게 되어
영광입니다

먼저 주4 대양 하심에도 불구하고 오늘 결혼식이 참석해 주신
하객 여러분께 감사의 인사를 올립니다 아울러 어려분 댓 ~~~~ 을
보내 주신 사도 ~~보내~~게도 같은 감사의 마음을 드립니다
앞의 문4님께서 귀한 축복의 말씀을 개구사에서 저는 인생의
선배로서 간단한 덧댔으로 마무리 하려고 합니다

○ 경욱아 ! ~~~~ 이를 처음 ~~~~ 에 소개 시켜 주련났이 생각난다.
~~~~~~를 본순간 아! 이놈이 바를 닮아서 여자보는 눈이 있구나
아버지가 부탁하니 하자.
○ 아버지가 아닌 인생 선배로서 느낀건데 부부라 맞을 잘 들어야
가정이 행복 하단다. 그건 ~~놀린~~ 깨닫는게이 아버지는 처년이 걸렸다
30년 전의 아버지도 너와 같은 ~~~~ 자리에 서있었었다 사랑이 있었음을
잊지 말거라

✓ ~~~~ ! 너를 처음 봤을때 나는 너를 이미 며느리로 생각했다
오화 하면서 이숙가 예쁘면 네모습은 있으과 있구나
경욱이와 오랫동안 안났으니 성품은 네가 더 잘 안것이다.
너는 ~~~~ 현명하고 지혜로우니 경욱이를 잘 다룰것이라 확신한다

에 끝으로 하객 여러분들게 부탁 말씀 드릴까 합니다
지금 이순간 (우렁차게) 젼도 유망한 두 젊은 청춘이 하나가
되었습니다. 격려의 박수를 부탁드립니다
                                            (부부)
감사 합니다 (주례와 함께? 박수유도)

세월은 그렇게 흘러, 여기까지 왔는데

"내가 알던 내 동생 맞아?"

결혼식 현장에서 아버지의 형제분들이 축사하는 아버지를 보며 이렇게 이야기했다고 한다. 사실 내가 보기에도 아버지의 축사는 완벽했다. 목소리는 당당했고 표정도 여유로웠고, 무엇보다 관객들의 반응도 좋았다. 회사에서 점심을 거르고 연습하셨던 것이 실전에서 눈부시게 활약한 것이다. 하지만, 아버지의 동생인 작은 아버지께서는 나중에 내게 이렇게 말씀하셨다.

"이 작가, 축사 니가 적어줬제? 우리 형이 저래 완벽하게 글을 쓸 수가 없는데!"

뒷이야기를 말하자면, 아버지께서 주신 원고를 조금만 다듬어 프린트를 해드렸을 뿐, 내가 축사에 직접 관여한 사실은 전혀 없다.

형의 결혼으로 우리 엄마, 아버지께서 할머니와 할아버지가 될 나이가 되었다는 사실이 신기하면서 슬프다. 내 기억상의 우리 부모님께서는 아직도 강하고 팔팔한 나이인데 말이다. 손주 재롱을 보며 즐거워하는 부모님의 모습을 상상하면 분명 아름답고 뿌듯한 그림이지만, 한편으로는 내 마음을 씁쓸하게 한다.

형은 이제 결혼을 했다. 좋은 아들로서, 최고의 형으로서 있어 줬던 우리 집을 벗어나 새로운 둥지를 틀었다. 우리 가족에게 최고의 모습만을 보여줬던 형이기에 형수님과 행복하고 슬기롭게 살아가리라 믿어 의심치 않는다.

돈을 열심히 벌어야겠다는 생각이 든다. 내 결혼을 위해서기도 하지만 언젠가 얼굴을 볼 조카 녀석을 위해서다. 날씨가 추워지면 나도 조카에게 패딩 하나 사줘야겠지.
"야, 너네 아버지가 줬던 거 니한테 갚는다.'하며 말이다.

EP. 20

- 남편으로서의 30년 -

형의 결혼식 이후

아버지께서 말씀하셨다

민석아

우리 가족은 우선 형수님 직장으로 가
주변을 구경했다

잘 지냈나?

그럼요
니 말고
연이

형수님의 직장을 구경하던 도중,

형수님
좋은 직장
다니시네..

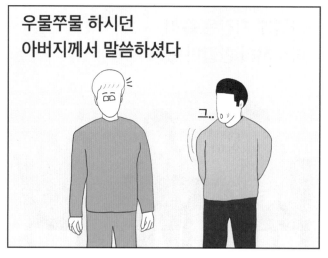

우물쭈물 하시던
아버지께서 말씀하셨다

그..

나도 여기서
며느리랑 사진
하나 찍고싶다

그렇게 아버지는
소원을 이루셨고,
연구소

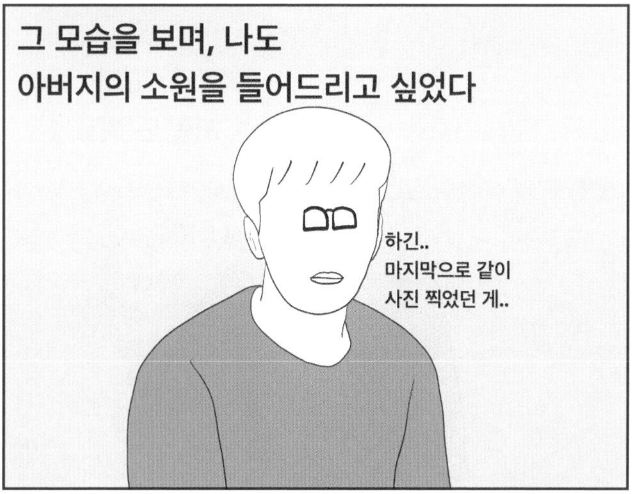
그 모습을 보며, 나도
아버지의 소원을 들어드리고 싶었다
하긴..
마지막으로 같이
사진 찍었던 게..

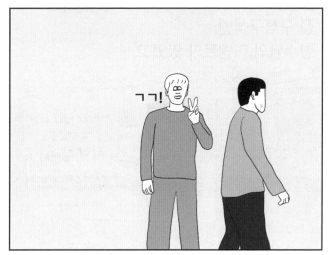

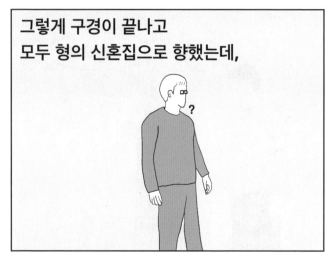

그렇게 구경이 끝나고
모두 형의 신혼집으로 향했는데,

집 구석구석엔
형수님의 이벤트가 있었고,

아빠가 평생 마신
소주만큼도
사랑합니다

아버지
처럼

환갑을 진심으로 축하드립니다
항상 건강하시고 저희와 함께 행복하세요

-사랑하는 가족일동-

형수님의 센스 덕에 우리 가족은
즐거운 시간을 보냈다

오 뭐고
하나도 안보인다

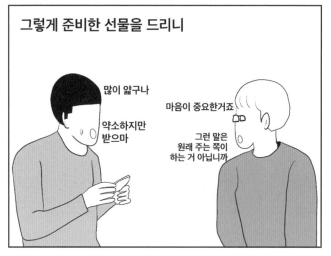

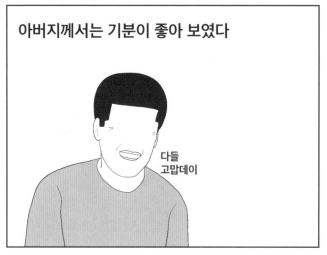

그렇게 선물 증정식이 끝나갈 때 쯤,

자, 밥 마저 먹자

내가 벌써 나이를 60이나 먹었네

눈치를 보시던 엄마가 말씀하셨다

석이 아빠

내도 선물 준비했다

그간 수고해준 게 고마워서 쬐끔 준비해봤는데 아무래도 많이는 못 넣었다

많이 부족하지만..

엄마에게 선물을 받은 아버지는

또 어떻게 유지해 왔는지
알 수 있을 것 같았다

어우
좀!

하나
둘..

올 해, 남편으로서
30살이 된 우리 아버지는

여전히 개구쟁이 청년이며,

또 여전히 좋은 남편이 되려고
노력하신다

- fin.. -

남편으로서의 서른 살

　아버지의 환갑날, 형의 신혼집이 있는 대전에 초대를 받았다. 나는 부모님과 함께 형의 신혼집에 처음으로 방문했다. 신혼집 안에는 아버지의 얼굴 사진이 들어간 현수막이 있었고 예쁜 풍선으로 아버지의 환갑을 축하하는 문구가 써져 있었다. 형수님께서는 '해피벌스데이' 문구가 그려진 분홍색 선글라스를 아버지께 씌워드렸다. 아버지는 함박웃음을 지었다. 이런 것들은 처음 받아보는 것들이라고 좋아하셨다. 하긴, 아기자기한 분위기의 이벤트는 형과 나같은 칙칙한 30대 아저씨들 머리에서 나올 수 없는 일이다. 남자만 그득했던 집안에 한 여자가 들어온다는 것은 실로 효과가 엄청난 일이었다.

　아버지께 선물을 드리고, 본격적으로 식사를 하려고 할 때 엄마는 자신이 준비한 아버지 선물을 꺼냈다. 봉투였다. 봉투 안엔 백만 원이 들어있었다. 엄마의 생일에 아버지께서 준비하셨던 금액과 같은 금액이었다. 엄마 역시 몇 달간 소중하게 모았을 돈이다. 아버지께서는 아내에 대한 감사함을 아끼지 않았다. 봉투가 당신의 허리만 하다며, 한 순간에 부자가 됐다며 너스레를 떨었다. 나는 이 날, 아버지께서 어떤 남편으로 살아왔는지, 또 어떤 모습으로 살고 싶은지를 볼 수 있었다.

환갑은 아버지가 남편으로서 서른 살이 된 날이다. 논어에서는 서른을 이립(而立)이라고 표현한다. 말 이을 이(而) 자에 설립(立) 자를 써서, '성숙함을 갖춰 스스로 우뚝 선 나이'라고 말한다. 서른 살은 인간의 수명에 있어 가장 성숙하고 신체적으로 강하며 또 정신적으로 지혜로울 때다.

형수님과 형, 그리고 나는 남편으로서 스스로 우뚝 선 나이가 되신 것을 축하드렸다. 남편으로서 가장 강하고 지혜로운 나이가 된 것을 축하드렸으며, 지난 30년간 보여주셨던 사랑과 헌신에 대해 감사드렸다. 30년 전, 엄마의 팔짱을 끼고 결혼식장에서 힘차게 도약했던 행진이 오늘까지 이어졌을 것이다. 30년이라는 세월 동안 남편으로서 걸어온 아버지의 발걸음은 박수받아 마땅했다. 남은 여행길도 지금처럼, 당연한 일을 당연하지 않게 여기고, 또 감사한 일에 아낌없이 감사를 말하며 어머니의 팔짱을 낀 채로 사이좋게 걸어가시길 바라본다.

(* 훗날 알게 된 사실인데, 백만 원을 쓰기 아까웠던 아버지는 엄마 몰래 통장에 넣어뒀다가, 그대로 돌려드렸다고 한다.)

EP. 21
- 어느 퇴근길 -

퇴근을 하고 마트에 갑니다

이 시간엔 떨이 상품이 있거든요

Home plus

2층 식품코너를 서성거리다가

밀키트 코너에 눈이 갑니다

떨이 밀키트들을 들었다 났다 합니다

한참을 고민하다가,
결국 밀키트를 제 자리에 놓습니다

최저시급을 받는 내게

한 끼 만 원은 과하다는
생각이 들었습니다

결국 바구니를 내려놓고
출구로 향하는 길엔,

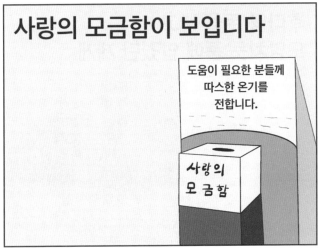

사랑의 모금함이 보입니다

도움이 필요한 분들께
따스한 온기를
전합니다.

사랑의
모금함

어떤 날이 생각납니다

...

아버지가 만 원짜리 한 장 쥐어주고
구세군 냄비에 넣고 오너라, 하셨던 그 날

후다닥 돈을 넣고
도망치듯 품에 안겼던 제게

세상에서 최고 멋진 사나이라고
말씀해 주셨던 것이 생각납니다

잘 쓰지도 않는 지갑을 꺼내 봅니다

천 원짜리 세 장,
만 원짜리 한 장이 보이네요

뭔가 잃어버린 사람처럼
지갑만 가만히 보다가,

천 원짜리 세 장만 넣습니다

그렇게 집으로 가는 길엔

내가 참 쪼잔하다는 생각을 합니다

에이 쉬

멋진 어른이 된다는 건
꽤 어려운 일이네요

당신은 어떤 어른인가요?

문득, 당신의 이야기도
궁금해집니다

당신은 어떤 어른인가요?

강원도의 새로운 직장에 익숙해질 때쯤 겨울이 찾아왔다. 퇴근길 들렀던 마트 안에서 떨이 밀키트를 또 들었다 놨다 했다. 멀리서 나를 힐긋 바라보는 종업원 아주머니의 눈에는 아마 조금은 꼴불견으로 보였을 것이다. 혼자 먹기엔 양이 많다고 결국 빈손으로 나오는 길, 입구에는 사랑의 모금함이 있었다. 호주머니 속을 뒤져 지갑을 꺼냈다. 만 원짜리 한 장, 천 원짜리 세 장이 있었다. 어릴 적 봤던 젊은 아버지의 모습이 떠올랐다. 나는 가지고 있던 돈 만삼천 원 중 천 원짜리들만 넣고 집으로 돌아갔다. 집으로 걸어가는 길엔 아버지에게 미안한 마음이 들었다.

사실 내가 생각하는 좋은 어른은 대단한 것이 아니었다. 그저 식당을 나설 때 잘 먹었다며 인사를 건넬 수 있는 여유를 가진 사람, 고마운 것을 고맙다고 제때 말할 줄 아는 사람, 그리고 우리 아버지처럼 아주 작은 것이라도 가진 것을 아깝지 않게 나눌 줄 아는 사람이었다. 꼴랑 삼천 원 내고 뒤돌아서면서 '그냥 내지 말 걸 그랬나?' 중얼거리는 나는 여전히 좋은 어른은 아니라는 느낌이 들었다.

거리에 깔린 눈을 밟으며 터벅터벅 집으로 걸어가는 길, '나만 이렇게 사는 건가?' 하는 생각이 들었다. 발걸음을 잠시 멈추고, 친구에게 전화를 걸었다. 뜬금없이 좋은 어른이란 무엇인 것 같냐는 내 물음에 친구는 대답했다.

"그냥 내 밥벌이하고, 하기 싫은 일도 열심히 하고, 가끔 달달한 게 당겨도 치과 치료비가 무서워서 포기도 하고⋯. 뭐 그런 게 어른 아니겠냐."

그러면 너는 좋은 어른이 되었냐는 내 질문에 친구 놈은 웃음을 터뜨렸다.

"이 나이에 좋은 어른이 될 수가 있겠냐? 내가 무슨 공자야? 부처님이야? 너 술 마셨지?"

'사실 마트에 갔는데 사랑의 모금함이 있더라고⋯.'
나는 친구에게 계속해서 술 없는 주정을 부렸다. 친구는 고맙게도 내 이야기를 가만히 들어주었고, 내 주정이 끝났을 때쯤 말했다.

"등 떠밀려 어른은 된 거지 뭐. 그래도 뭐, 너도 나도 애쓰면서 살고 있잖아. 너무 우울하게 생각하지 말자. 지금 너처럼 고민하고 있다는 게 어디야? 잘하고 있으니 얼른 집에 가서 내일 출근 준비나 해."

무던한 친구의 말에 나도 웃음이 났다. 그래, 고민을 한다는 건 어쩌면 좋은 어른이 되어가는 여정의 출발선에 선 것일지도 모르겠다. 서른 살, 삶에 대해 고민하는 순간순간을 소중히 간직하며, 내가 가지고 있는 것들을 조금씩 조금씩 나눠주는 어른이 되어가야지. 또, 옹종할 걸음으로 어른의 길을 걷고 있는 나를 부축해 주고 지지해 주는 사람들에게 항상 감사를 말해야지.

　책을 읽음으로써 나를 작가로 만들어준 당신에게도 감사한 나의 마음을 전한다. 이번엔 가족의 이야기를 했지만, 다음이 있다면 내가 만나온 사람들의 이야기도 소개해주고 싶다. 좋은 사람들과 만들어왔던 근사한 순간들이 많기 때문이다. 나만 알기 아까울 정도로 좋은 기억들을 당신과 나누며 또 다른 이야기를 쌓아가고 싶다. 그전에 문득, 당신의 이야기가 궁금해진다. 당신은 어떤 어른인가? 어떤 삶을 살고 있고 또 어떤 삶을 살길 원하는가? 언젠가, 기회가 된다면 당신의 이야기도 직접 들어보고 싶다. 허름한 동네 술집에 가서 소주 한 병 놓고 '어디서부터 이야기를 해야 할까요?' 실없지만 유쾌하게 말이다.

방구석 수필

ⓒ 2024 이민석

발행일   2024년 6월 1일
지은이   이민석
발행처   인디펍
발행인   민승원
편집자   백지은
출판등록   2019년 1월 28일 제2019-8호
전자우편   cs@indiepub.kr
대표전화   070-8848-8004
팩스   0303-3444-7982
정가   18,000원
ISBN   979-11-6756-532-7 (03810)